• 衛斯理小說典藏版 29 •

拚命

衛斯理
親自演繹衛斯理

《拚命》

新之又新的序言，最新的

衛斯理小說從第一次出版至今，歷時已近半世紀，總共出了多少正版，還能計得清，若是連盜版一起算，那就算找外星人來算，也算勿清楚哉！不知能不能也算世界記錄。

算得清好，算勿清也好，能幾十年來不斷出新版，說明不斷有讀者加入，對作者來說，沒有更值得高興的事了，謝謝所有喜歡衛斯理的人，謝謝謝謝。

倪匡

二〇二〇年六月四日 香港

幾句話

寫了四十多年小說，論者將拙作分為三個時期：早、中、晚。在明窗出版的一批，屬於早期和中期的上半。三個時期的創作風格有相當程度的不同，所以風評不一。本人並無偏愛，但讀友對早期的作品，頗有好評，大抵是由於在早、中期作品之中，主要人物精力充沛，活力無窮，所以使故事曲折多變，小說也就格外吸引。明窗出版社此次重新出版這批作品，正好讓大家來證明這一點。

四十餘年來，新舊讀友不絕，若因此而能有新讀友，不亦快哉！

倪匡

二〇〇五年十一月六日

序言

「沒有順民，不會有暴君。」

這是名言，要是廣大群眾對付暴政都有拚命的勇氣，暴政絕無法生存，人類的歷史也必然不是這樣。

地球人的性格，看來是可以改變的，暴政在地球上的範圍正在縮小，雖然有不少人，自己做了順民，還努力要別人也做順民，或努力由順民晉身為奴才走狗，可是歷史總是走向暴政的滅亡，而暴政的滅亡，是要有人肯拚命，用生命作代價的。

太嚴肅了，是不是？只不過是有感而發。這個故事，實際上十分輕鬆有趣，只是略為借題發揮了一下而已，尤其是在故事後來出現的那個女野人，更是衛斯理故事之中，從來也未曾有過的人物，她的名字是紅綾——故事中的人名，第一個字是顏色，第二個字和絲有關，從白素開始，有黃絹，有黑紗，有藍絲，又有了紅綾，算是作者的一種自娛。

娛己娛人，寫小說，樂趣無窮。

衛斯理（倪匡）

一九九〇年一月二十一日

目錄

目錄

第一部

十二天官

一年四季，我最喜歡秋。風和日麗，天青雲白，溫度是使人體感到最舒適的攝氏二十度左右，空氣的相對濕度徘徊在百分之七十上下，深深地吸一口氣，都使人感到，生活在地球上，還真的不算太壞。兩三個星期之前，令人生畏的烈日，這時也會變得溫暖可親。

每當這種「天涼好個秋」的時候，我都會抽上一天的時間，駕一艘船，揚帆出海，在海上去優哉悠哉地過一天清閒的日子，也就是古人「偷得浮生半日閒」的意思。

我所說的揚帆出海，是真正的揚帆，為了遠避塵囂而出海，怎可以再讓機器的聲音來打擾？所以我只採用帆船。如果白素能參加，自然最好，因為白素是駕駛帆船的能手，對於風向和風速，她簡直有第六靈感，可以把一艘性能良好的帆船，發揮得淋漓盡致。

但如果她有別的事在忙，我自然只好一個人出海，趣味當然也大打折扣了。

今天很叫人高興，兩個人都有空，而且連續的好天氣，更叫人心曠神怡。

我和白素一早就出海，在海上看了日出，當連人帶船，甚至整個海面，都沐浴在初升旭日的萬道金光之中的時候，我感到自己和大自然已渾為一體，自然而然，發出了一陣長嘯聲來。

一日易過，到黃昏時分，我們回航，風勢不急不徐，帆船在海面上速度相當快，正駛過一個海產碼頭。在碼頭上，有幾個大型的海鮮供應站，自然也有不少食肆，通常，我們都會在其中一家相熟的進食，然後，再在夜色之中，駕船離去。

在快靠近碼頭的時候，我和白素都半躺在船首的甲板上，白素在使用一具相當特殊的望遠鏡——這具望遠鏡不必用手拿，而像戴眼鏡一樣，配戴在人的眼部，當然，戴上了它之後，看起來模樣有點怪，甚至有點像外星怪物，可是卻十分實用，因為不必靠雙手把持，就像平時看東西一樣，就可以把遠方的景物拉近。

這副望遠鏡，是戈壁沙漠的傑作，別看它體積小，性能相當好，甚至還可以自動變焦距。這時，我就看到白素為了要看清岸上的情形，而按下了一個掣鈕，把焦距變短。

我在想：在這個碼頭上，有什麼吸引了白素的注意呢？

就在這時，白素忽然問：「記不記得溫寶裕昨天的鄭重宣布？」

我沒好氣：「當然記得，昨天他一本正經跑來宣布，說接下來的三天，他有重要的事，不論有什麼事，都不要去打擾他，這小子，他把自己當作是什麼重要人物了？」

白素笑了一下：「你猜他這三天要幹什麼？」

我雙手交叉，放在腦後：「誰耐煩去猜。」

白素把望遠鏡摘了下來，遞給了我：「你看。」

原來溫寶裕在碼頭上！他在碼頭幹什麼，我倒也很想知道。所以接過了望遠鏡來，略找了一找，就看到了溫寶裕這小子。

看到了之後，我也不禁呆了一呆，失聲道：「這小子在幹什麼？」

白素道：「你看到他在幹什麼，他就在幹什麼。」

白素的回答，聽來有點無頭無腦，自然是由於我的問題問得十分沒有來由之故。

我自然知道溫寶裕在幹什麼，只是不知道他何以要去做這件事而已。

我看到溫寶裕的手中，拿着一支三角形的旗子，站在一個出售漁穫的攤檔之前，一手提起一隻巨大的龍蝦，向他身邊的人，正在說着話。

在他身邊的十來個人，樣子很古怪，身形都不高，膚色黧黑，眉骨很高，看來是同一種族的人，而且行動顯然都聽從溫寶裕的指揮。

他是在幹什麼？

在碼頭上，像他那樣，拿一面旗子，身邊聚集一些人，聽他講話的，還有幾個——這碼頭是外地來的遊客必到之地，手裏拿着旗子的，是旅行團的嚮導。

溫寶裕鄭重宣布三天之內有重大事件，原來是為了做旅行團的嚮導？

這真有點不可思議，我放下了望遠鏡，和白素互望了一眼，白素也現出大惑不解的神色。我想了一想：「看樣子，他正在帶隊選擇海鮮，會在碼頭上其中一家食店進食，我們上岸找他去。」

白素多半是想起溫寶裕看到我們之後驚愕的神情，所以她笑了起來：「好。」

我負責駛船靠岸，白素一直用望遠鏡留意着溫寶裕，直到看到他帶着那一隊人，進入一家食店為止。

白素一直把她所看到的情形告訴我，也加上她自己的意見。她道：「那一隊人十分怪，可能來自同一個地方，一族人，或是一家人，他們一定習慣於山上的生活——習慣山居的人，走路的姿勢十分異特，和在平地上生活的人不同，很容易分辨。」

白素的觀察力十分強，她又道：「小寶和那隊人在語言溝通上很有問題，他不斷指手劃腳，那些人好像也不是十分明白。」

我搖着頭：「這小子的古怪事情也真多。」

白素一聽，斜睨着我，笑而不語，我知道她是在說我的古怪事情也不少。

白素又道：「不論男女，他們的腰際，都有小刀……或類似的武器。」

我也見過那隊人，他們不論男女，都穿着相類的衣服，都有外套，白素竟能看出他們的腰際帶着武器，這有點令我懷疑。我發出了一下聲響來表示我的懷疑，白素立即解釋：「他們不斷用手按向右邊的腰際，一般來說，如果不是武器，不會引起人有這種慣性的動作，這證明他們習慣帶武器。」

我問了一句：「那他們是什麼人？是警察？士兵？」

白素沒有回答我這個問題，只是繼續發表她的意見：「他們現在穿的衣服，不是他們原來的服裝，他們對現在所穿的衣服十分不習慣，我不會認為這隊遊客是來自城市的，他們對一切都好奇——行了，他們進了那家食店，我們一上岸就去找他。」

我一面駛船靠岸，一面又問：「女福爾摩斯，你有什麼結論？」

白素笑了起來：「暫時還沒有，可是很快就會有。」

她動手幫我收帆，忽然問我：「你對苗語，懂得多少？」

白素的這個問題，聽來雖然簡單，可是卻着實嚇了我一大跳。苗語，自然指苗人的語言。苗人居住在深山野嶺之中，部族和部族之間，絕不友好，甚少往來，所以久而久之，語言也自成一格。

而且，「苗人」只是一個統稱，凡是居住在中國的雲貴高原，伸延到泰北、緬北、中南半島北部的山居部族，民族成分，複雜無比，不但語言完全不同，生活習慣和宗教信仰，也有絕不相同的。語言的種類之多，只怕數以百計，我本領再大，能懂多少？

所以，白素的這個問題，令我一時之間，張口結舌，不知道該如何回答才好！而且，我也根本不知道，白素突如其來問了我這樣一個問題，是什麼意思？

我在那一剎間，一定現出了罕見的窘相，所以逗得白素笑了起來：「苗人各部族之間，總要有溝通的，他們應該在各自的語言之外，另外有一種共同可以懂得的語言。」

我點了點頭：「有，有三種苗語，大體上可以講得通，不過也要看是什麼地方的苗人，要是忽然冒出了一個深山溝裏的倮倮人，他也不會聽得懂——」

說到這裏，我陡然想起了白素的用意。

這時，我正待向岸上躍去，由於陡然明白了白素的意思，身子震動了一下，幾乎沒能躍過兩公尺的距離而跌進海中去。

我剛在碼頭上站定，白素也跟着體態輕盈地躍了過來，我立時問：「你的意思是，小寶帶着的那群人是苗人？」

白素十分自然，一點也不感意外地點頭，而且補充：「而且我相信這隊苗人，和他日思夜想的苗家小情人藍絲，很有點關係。」

我雙手互拍：「對了！一定是藍絲曾託他照應那隊苗人，他才會將之當作頭等大事來處理，拿着雞毛當令箭，別的什麼事都不管了。」

白素微笑頷首，這種情形，十分容易理解——來自小情人的囑咐，自然比什麼都更重要！

我又吸了一口氣，因為這時，我想起了大降頭師猜王對苗女藍絲的介紹：「她是來自藍家峒的苗人，她的那個峒，對蠱術很有研究。」

如今，跟着溫寶裕到處轉的那隊苗人，會不會正是藍家峒的呢？

想起來，真的十分滑稽，絕不調和——一個對蠱術很有研究的苗族部落，竟然離開了深山，來到了這個一級現代化城市遊覽觀光，這世上真是什麼樣的怪事都可以發生！

我壓低了聲音：「那我們怎麼辦？是不是再去撞破他的好事？」

白素十分認真地想了想，才搖了搖頭：「不必了，那些人之中，很可能有藍絲的至親，我們出現，會使小寶張惶失措，手忙腳亂出醜的。」

我不禁駭然失笑：「你以為那些苗人，是萬里迢迢，相親來了？揀女婿來了？」

白素居然點頭：「雖不中，亦不遠矣！」

我不由自主地吐了吐舌頭，要做藍家峒的苗家女婿，不知道要有什麼條件資格，但是無論如何，我們如果出現，肯定對事情不會有幫助，那就還是由得溫寶裕去單獨對付好了。

所以，我們改變了主意，沒有去找溫寶裕，進了另一家食店，十分愉快地進食海鮮，而且，有說不完的話題。我首先提出的是：「一直在深山生活的苗人，可能從來也未曾嚐過海鮮的滋味。」

白素笑：「他們敢吃外形如此古怪的龍蝦，也算是有勇氣的了。」

飯後，一天的愉快繼續，我們又登上了帆船，預算在午夜之前，可以回家。晚航更愜意，涼風習習，半躺在甲板上，看漫天繁星，很有超然物外之感。

在歸途之中，我在想，找一個什麼樣的機會，問溫寶裕他和苗人打交道的經過。可是，出乎意料之外，當我和白素盡興回家之後，才一推開門，就看到了溫寶裕。

溫寶裕自然是在等我們，照他平日的行為，一看到我們回來，就該直跳起來才是，可是這時，他卻是坐着在出神，手中赫然拿着一杯烈酒，很可能已喝了不止一杯了，我和白素進來，他竟然像是未曾覺察！

我一看到他這種情形，就想出聲大喝他一下，白素也立即知道了我想做什麼，所以她一反手，就按住了我的口，這時，溫寶裕才抬起頭來，發現了我們，他的身子震動了一下，杯中的酒也灑出了不少。

從這種情形來看，白素阻止我大喝，很有道理，溫寶裕精神恍惚之極，如果我猝然大喝，可能對他造成巨大的震盪和傷害。

我輕輕推開白素的手，盡可能用柔和的聲音問：「又怎麼了？」

我這樣問，自然是對於他的花樣百出，十分之不耐煩，溫寶裕抬起頭來，哭喪着臉（他這倒不是裝出來的，是心中真正感到了苦惱），他說了一句話，卻是隨便我怎麼猜，都猜不到的。

他說的是：「我花了不少時間學苗語，誰知道他們說的是『布努』。」

這句話，我和白素聽了，也要先愣上一愣，然後才能會過意來。一時之間，我不禁又是好氣，又是好笑，首先我向白素豎了豎大拇指，因為她是從望遠鏡中看到溫寶裕和一些人在一起，在幾分鐘的時間之內，就作出了那些人是苗人的推測。

這個推測，在聽到了溫寶裕的這句話之後，已經證明是正確的了。

溫寶裕偷偷地在學苗語，他沒有特意提過，可是我卻知道，因為有好幾次，他像是裝成無意地和我討論過一些苗語的問題。

我自然也知道，溫寶裕學苗語的目的，是方便和苗女藍絲溝通，方便和藍絲的族人溝通。

然而，正如我前面提到過的，苗語十分複雜，這種在語言學上屬於漢藏語系苗瑤語族的語言，單在中國地區，就有湘西、黔東、川黔滇三種方言，在這三大方言之下，還有許多只有單一的部落使用的獨特語言。

而苗瑤語是同族的，相近相類可是又不相同，不是專家或他們自己，根本難以區分，瑤族的語言也有幾種。自稱為「布努」的，也有流行在海南島的瑤語，稱為「金門」，緬泰一帶的，稱為「勉」。

溫寶裕認為自己學了苗語，就可以和苗人交談，自然大錯而特錯，若不是看到他真正傷心欲絕的樣子，我會忍不住哈哈大笑。

當時，我伸手在他的頭上拍了拍：「沒有什麼大問題吧，看來你和他們相處得很好，他們吃得慣龍蝦嗎？」

溫寶裕心不在焉，應道：「他們死也不相信龍蝦是可以吃的——」

他說到這裏，陡然直跳了起來，指着我：「你怎麼知道……我們吃過龍蝦？」

我悠然回答：「看到的。」

溫寶裕的眼睛睜得極大，直勾勾地望着我，大搖其頭，由於搖頭的動作太大幅度，所以說的話就斷斷續續，不是很連貫，他道：「就算你看到了，也沒有法子知道他們是什麼身分的。」

我又和白素互望了一眼，指着白素：「這倒不是我的本領，全是她推測出來的。」

白素又笑着說了一句：「是藍家峒來的吧？」

溫寶裕又呆了半晌，才點了點頭，又咕嚕了一句：「早知道衛斯理不會有那麼大的本領。」

我悶哼一聲，假裝聽不見，問他：「你不去陪那些苗人，小心他們說你的壞話。」

溫寶裕在這裏等我，我早已料定必有原因，而且多半是他遇上了難題，可能是語言上的，我懂得「布努」，倒可以助他一臂之力，不過，他若是不開口好好求我，我也不必自己湊上去。

溫寶裕苦笑了一下：「說我壞話也沒有關係，反正我聽不懂他們的話。」

我微微一笑：「不錯，『布努』是一種很特別的語言，虛詞特別多，形容詞又放在修飾詞之後。」

溫寶裕急速地眨着眼，忽然埋怨起來：「都是藍絲不好，沒有說明他們講什麼話，所以，我現在根本不知道他們要我做什麼，而藍絲在信中又說了，他們要我做的事，關係重大，非做到不可。」

我聽他説得吞吞吐吐，就故意為難他：「關係重大到什麼程度？」

溫寶裕漲紅了臉，支支吾吾，發出了一些莫名其妙的聲音來，相信世上沒有人會懂得他想表達什麼，連白素也不耐煩起來：「小寶，你如果有事情要別人幫助，那就一定要把事情的來龍去脈告訴大家。」

溫寶裕聽了，長嘆一聲，神情還是十分忸怩，可是卻把一封信取了出來。展開，我一看到信上歪歪斜斜的漢字，和所寫的字句，就忍不住哈哈大笑了起來。

溫寶裕被我笑得懊喪之極，有點老羞成怒的樣子，我也覺得揶揄得他夠了，所以止住了笑，把信給了白素，白素一看，也忍不住笑，自然，她笑得比我斯文多了。

信上的字迹差，文字也幼稚，可是卻真情流露。相信是藍絲在認識了溫寶裕之後，努力學漢語漢字的結果。他們兩人，一個努力學漢字漢語，一個努力學苗語，這件事本身，相當動人，不應該取笑的。

所以我道：「對不起，不過，她稱你『寶哥哥』，實在叫人忍不住要笑。」

溫寶裕沒有分辯，可是卻一副甜絲絲的神情，溢於眉宇之間。

這封信，恕不原文照錄了，因為錯字甚多，而且，小兒女間的情書，難免肉麻得很。信中說的是，十分思念，因為學師未滿，所以不能相見，每天都「以水洗臉」（自然是「以淚洗臉」之誤）云云。而有十二個藍家峒的長輩，輩份極高（信中強調了這一點），要出外旅行，會特地來見他，要他做一件事，必須做到，如果做不到，會影響他和她之間的將來。信中並且再一次關照，來的十二個人，輩份很高，絕不能開罪！

看了這樣的信，溫寶裕自然要盡心盡意招待那批苗人，可是連話都說不通，看來頭一天的招待，已經令得他疲累不堪了。

我把信還給他，他低聲說了一句：「請別在任何情形下用這封信取笑我。」

我十分認真地答應了他的要求，問他：「那些長輩向你提了要求沒有？」

溫寶裕苦笑：「提了，可是我根本不知道他們提的是什麼，只是從他們說話的神情動作上，知道他們在向我提要求，可是卻不知道要求的內容。」

我抿着嘴，不出聲，溫寶裕向我拱手：「求求你幫我做一次翻譯。」

我笑着：「不是說衛斯理沒有那麼大本事麼？」

溫寶裕十分能說會道：「也不至於這樣小器。」

我吸了一口氣：「好，請你把為首的那個人帶來，我來翻譯他們的要求。」

溫寶裕皺着眉：「怪之極矣，這十二個人，八男四女，行動完全一致，連酒店的房間，都只住一間，所以弄了一個總統套房給他們，只怕他們要求的話，也定然是十二個人一起來。」

這時，我隱約想起了一些事，是和十二個人一起行動有關的——像是在什麼時候，聽人說起過有這種的情形，還是一種十分特殊的情形。可是由於聽的時候不是很在意，所以一時之間想不起來。

我揮了揮手：「十二個一起來就一起來，不知道他們是生苗還是熟苗？如果是生苗的話，那不免麻煩。」

溫寶裕道：「我看不會是生苗，他們吃東西，用腰間的刀割了，另有一支叉刺來吃，看來和西方人差不多，十分文明。」

我伸手在他肩上拍了拍，溫寶裕的一個難題解開了，看來心情十分輕鬆，一蹦一跳離去。等他走了之後，我忽然大笑起來：「溫家三少奶奶有難了，她曾見過這個苗女，嚇得幾乎立即中風。」

白素皺着眉：「我想小寶一定會盡量瞞着他的母親，不讓她知道的。」

我長嘆一聲：「只怕在他母親的有生之年，都得瞞着。幸而這位女士對小寶的管束，也已漸漸鬆了許多。」

白素來回踱了幾步，忽然問我：「十二個人，行動一致的這種情形，使你聯想到了什麼？」

我用力一拍腿：「剛才我一聽，也有聯想，可是卻想不起具體的事實來，好像是一種至高無上的權力的象徵，是一些部落之中——」

說到這裏，我陡然停了下來，和白素幾乎同時叫了出來：「十二天官！」叫了出來之後，我們兩人互望着，神情十分疑惑，又一起搖着頭。

我和白素同時想到的「十二天官」，是一個十分秘密的江湖幫派中的核心組織，這個幫派，或者是武林的宗派，神秘得連正式的名字也沒有。

第二部

「要小娃子去盤一盤天梯」

神秘幫派之中，有「十二天官」，所以一般人提起的時候，多有稱之為「天官門」的。「天官門」究竟有多少幫眾，也沒有人知道，只是傳說，由十二天官掌策一切，十二天官是十二個人，形影不離，十二人如同一人。

天官門叫人一提起就不禁有陰風慘慘之感，是因為這個幫派和死亡有直接的關係，他們殺人——為了各種理由，甚至完全不為什麼理由就殺人。

而且殺人的手法，高明之至，從無失手，有時，一間客棧，可以一夜之間，所有人獸，死個乾乾淨淨，一個不留。推測他們殺人的手法是下毒，由於他們活動的範圍，多在西南各省、雲貴一帶，所以也推測和蠱有關，總之人人談虎色變，在江湖上活動的人，莫不提心吊膽。白素和我是在閒談之中，聽白老大說起過的。

那麼恐怖的一個幫派，當然應該和可愛的苗女藍絲扯不上關係。

所以，一想到了「十二天官」，我和白素，立時又搖頭不迭。

搖頭之後不多久，我自然而然感到了一股寒意，我想到，天官門的活動範圍既然是在中國的西南一帶，自然也可能和苗人有關，是不是正和藍家峒有點關連，甚至根本就是藍家峒的苗人？

我那時的感覺，並不是害怕，而是討厭和煩膩——由於有關「天官門」的一切殺人方法，都十分陰森可怖而且神秘的緣故。

我又進一步想到，要長期維持十二個人一體的這種制度，也只有家族血緣關係才能做得到，若是藍家峒和天官門竟然一而二，二而一的話，那當真不知道如何對付才好了！我神情犯愁，白素自然看在眼裏，而她顯然也想到了同一個問題，她道：「天官門久已沒有活動的消息，可能早已煙消雲散了，不知有多少江湖的幫會都消亡了。就算是，他們決不會對小寶不利，自然也不會對我們不利，你發什麼愁？」

我苦笑：「是想起要和這種人打交道，就不舒服。」

白素瞪了我一眼：「等一會他們來了，千萬不要有這種表現，也不要讓人家知道我們已料到了一些他們的身分，只是隨着小寶湊熱鬧好了。」

我悶哼了一聲，又想起了一個有關「天官門」的傳說：一隊客商，辦了貨物，進苗疆去進行交易，在路上遇到了一個苗人老嫗和一個苗女，由於這個苗女生得嬌俏，所以客商就出言輕薄了幾句，苗女也沒有答腔，當晚，一隊客商就全死在客棧中，只有一個老人家得免於難——老人家未曾出言輕薄。

生還的老人家傳出話來：殺人的是天官門。

這類江湖上的傳說，可信程度其實不高，有許多被寫進了小說之中，也有一些傳說，本來只是小說家言，再被人倒轉來當作傳說的。我這時有說不出的不安，連我自己也說不出是什麼原因。可能是那一批像是從地獄深處冒出來，隨時可以置人於死地的人，實在給人的印象太壞之故。

沒有多久，就聽到小寶的笑聲在門口響起，我和白素互望了一眼，立時走到門口，打開了門，看到小寶走在前面，正在不斷轉過頭去說笑，那十二個人，四個一排，分三排跟在他的身後——果然是十二個人一起來了。

他們十二個人的組合，真是怪異莫名，溫寶裕努力想使他們聽懂他的話，而那十二個人，也努力裝成聽得懂的樣子，可是卻分明一點也聽不懂。

這種情形，很令人發笑，可是我想起白素的警告，不敢得罪那十二個人，所以忍住了沒有笑出來。

我想到，他們之間，至少有着努力想溝通的誠意，這就比充滿敵意好得多了。

門一打開，我就大聲用「布努」叫：「歡迎！歡迎！各位是今年最受歡迎的客人。」

我的開場白，是歡迎最尊敬的客人的歡迎辭，那十二個苗人，本來無論怎麼看，都給人以面目陰森可怖之感——真的沒有法子把他們和活潑可愛的苗女藍絲聯繫起來。可是，這時，我一開口，他們個個都笑了起來，笑容居然十分燦爛，表達了他們心中的高興，和顯露了他們人人一致，毫無例外的一口整齊和深棕色的牙齒。

這樣深棕色的牙齒，自然不會是天然生成，一定是長期嚼食某種特別食物的結果了。

我雖然說了開場白，可是卻沒有動作；我知道幾種苗人的見面禮，包括互相摩擦鼻子、擁抱互相拍背和彎身為禮，等等。

我之所以沒有行動，一來是由於不想和這批來歷不明的苗人太親熱，二來，是不知道該用哪一種動作，要是弄錯了，只怕會立刻出現不愉快的場面，所以，我還是以不變應萬變的好，先看對方有什麼行動，自己再有反應。

出乎我意料之外，那十二個人一面笑，一面都向我抱拳，拱手為禮。雖然有點意外，但是那再簡單也沒有，我和白素，也連忙抱拳拱手為禮，把他們請進了屋子。

進了屋子之後的第一句客套話自然應該是「請坐」，可是我和白素互望了一眼，都沒有把這句話說出來。他們一共十二人，若是分開來坐，自然都可以有地方坐，可是如果他們硬要擠在一起的話，卻不免有點困難，所以我們才有點不知如何才好。

想不到溫寶裕已在他們那裏，學到了簡單的「布努」，他倒先說了起來：「請坐。請坐。」那十二個人也不客氣，就四個一起，在沙發上坐了下來，擠雖然擠一點，看來也很怪，可是他們自己覺得這樣坐好，也就自然由得他們。

我又客套了幾句，說了一些自己的「布努」說得不好，又好久沒有說了之類的話，他們也說了一些客氣話，然後，我的「布努」，還是引起了他們的好奇，十二個人之中，看來一個年紀最大的小老頭，就問我：「衛先生的布努，是在哪裏學的？」

這個問題，本來可以十分普通地敷衍過去，可是我為了要這十二個人（不管他們真正的身分是什麼）不敢小覷我，所以我的回答是：「若干年之前，我曾在苗疆住過一段日子，住在一個苗寨之中，受到京版酋長的招待，和他的兒女，猛哥和芭珠，成為好友，後來又在芭珠的葬禮中痛哭。」

我盡量把語氣說得平淡，而且，也沒有說出京版的那一族苗人，是出了名的「蠱苗」——在所有苗人之中，最令人尊敬的一族。

由於猜王隆頭師曾介紹藍家峒的苗人，對蠱術很有研究，所以我料他們一聽到京版、猛哥和芭珠的名字，就會知道是怎麼一回事。而我既然曾和他們打過交道，自然也表示我有非比尋常的身分。

果然，當我一說出了京版這個名字之後。十二個人毫無例外，現出了驚訝莫名的神情，及至聽到了猛哥、芭珠的名字，十二個人霍然站了起來，流露出來的神情，簡直虔誠之至！

等我講完，那小老頭才道：「我們沒有見過京版老酋長，可是覲見了猛哥酋長。至於芭珠，聽說她是苗疆最美麗的女子，可惜早死了。」

我離開了苗疆之後，沒有再去過。可以想像，京版死了之後，自然由猛哥繼任酋長，他們是在我之後去的。

在我和他們交談的時候，白素低聲把我們交談的內容，翻譯給溫寶裕聽。溫寶裕居然大提抗議：「不，苗疆的第一美女，應該是藍絲。」

我笑着把他的話翻譯了，那十二位一體的組合，似乎以那個小老頭為發言人，他十分認真地想了一想：「以前是芭珠，現在是藍絲。」

他在這樣說的時候，那十二個人都面有得色，顯然他們也深以有藍絲這樣的族人而自傲。

既然我已表明了我特殊的身分，話題又提到了藍絲，也就不必有什麼客套話了，我重新請他們坐下之後，就開門見山：「藍絲的信中說，各位有一件事要小寶做，不知是什麼事？」

那小老頭十分意外：「我們已經說了，他也已答應了，怎麼他還不知道？」

我立時向溫寶裕望去，溫寶裕指了指自己的口和耳，現出一副無可奈何的神情，我立時知道是什麼一回事了，所以我笑着問那小老頭道：「他只知道你們要他做一件事，又猜到你們是在向他提出，他想，反正一定要做的，就點頭答應了。事實上，他根本不懂『布努』，所以也不知道你們要他做什麼。」

我在說這番話向他們解釋的時候，邊說邊笑，十分輕鬆，因為事情本就十分發噱，可以當作笑話來看的。可是等我快說完的時候，我就覺得事情不對頭了！

因為我一邊說，那十二個人的神色，就一邊變得凝重，他們十二個人，不但行動一致，連表情也一致，這自然是多年來他們形影不離的結果。

（在這時候，我又自然而然，想起「十二天官」來。）

等我說完，他們的神情，簡直凝重之極，小老頭在搓着手——可能是他掌心的皮膚十分粗糙，他在搓手的時候，竟然發出「沙沙」的聲響。

我和白素互望了一眼，白素也緊張起來，只有溫寶裕，像是還不知道事情可能會有十分嚴重的變化，還是笑嘻嘻地望着那十二個人。

那十二個人，迅速地交換了一下眼色，那小老頭才開了口：「這……這就很為難了，我們只當他已經答應了。答應了的事，是……不能反口的……」

我吸了一口氣，又瞪了溫寶裕一眼，白素已經把小老頭的話轉給他聽，他仍然是一副不在乎的神情：「當然，我既然答應了，就一定做得到。」

我忙道：「且慢，你怎知他們要你做什麼？」

溫寶裕一攤手：「做什麼都不要緊，藍絲要我做的，我自然要做到。」

我又把我和溫寶裕的對話，傳給那十二人聽，因為我發現他們的神情，十分緊張，使我知道，最好讓他們明明白白，一句話也不要瞞他們。

十二個人聽了我和小寶的對話，都有鬆了一口氣的感覺，可知他們剛才，確然十分擔心溫寶裕答應了之後又反口。也由此可知，他們要溫寶裕做的事，一定十分重要。

這時，我也不禁緊張起來，因為這十二個人，我一面和他們交談，一面在仔細觀察他們，雖然沒有什麼收穫，可是卻有一個十分奇特的發現——他們十二個人，竟然連呼吸都是一致的。

要做到這一點，自然不是容易的事，他們都至少要在中國傳統武術上有相當高的造詣，而且還是從內功入手的武術。那麼，這十二個人，也就可以稱之為奇才異能之士，他們要溫寶裕去做的事，也就絕對不會簡單。

溫寶裕這小子為了苗女藍絲，拍心口說什麼都會去做，我不懷疑他的誠意。可是如果事情對他不利，或是有危險的話，我自然也得出頭。

所以，我十分小心地問：「請問，你們要他做的是什麼事？」

那小老頭剛才還一副十分緊張的樣子，唯恐溫寶裕答應了又不認帳，而這時，他卻瞇着眼笑，十分輕鬆地道：「也沒有什麼，我們只不過是要小娃子去盤一盤天梯。」

他其實說得十分清楚，我也聽得十分明白，他們要小寶做的是「盤一盤天梯」。可是我還是不可克制地陡然大叫了起來：「什麼？」

我大叫的原因，並不是聽不懂他們的話，而是不明白他們何以會提出這種要求來，那種要求，不但過分，而且，可以說流於乖張。

而溫寶裕自然不知道事情的嚴重性。而事實上，這句話別說小老頭是用「布努」說的，就算是用漢語來說的，溫寶裕都不會明白。

小老頭自己的態度雖然悠閒，可是對於我激烈的反應，似乎也在他的意料之中，他一點也不感到意外，回應我那一聲「什麼」，他又重複了一次：「要小娃子去盤一盤天梯。」

溫寶裕本來一直只是笑嘻嘻地望着各人，可是這時，他也看出事情不對頭了。

事後相當久，溫寶裕才對胡說和良辰美景他們說起當時的情形，溫寶裕說：「衛斯理大呼小叫，我不以為意，因為他是誇張慣了的，可是其時，我發現衛夫人神色凝重之極，我才知道事情一定十分嚴重了。」

的確，當時，白素的神情，也在剎那之間，變得凝重之極，溫寶裕在呆了一呆之後，正在連聲發問：「什麼？他們說了些什麼？他們要我做什麼？」

白素並沒有立時傳給他聽，他更是着急，那時，我思緒十分紊亂，溫寶裕的聲音，聽來也就格外刺耳，令人不耐。所以我衝着他大喝一聲：「你暫時別出聲好不好？」

溫寶裕本來是不會那麼容易聽話的，可能是由於我這時實在太聲色俱厲的緣故，所以他居然在我一聲呼喝之後，就靜了下來。

也是在事後相當久，溫寶裕對胡說和良辰美景說起當時的情形：「認識衛斯理那麼久，從來也未曾看到他那麼緊張過，他簡直臉色鐵青，像是要活剝人皮，嚇得連我都出不了聲。」

當時，我確然十分緊張，白素也是一樣，不單是緊張，而且還十分憤怒，因為他們居然提出，要溫寶裕去「盤一盤天梯」。

所謂「盤天梯」，那是一些幫會的「切口」（黑話），也有稱之為「過道子」的，那是一種十分古老野蠻可怖的儀式，要求參加者通過一連串不合理的、十分危險的嚴峻考驗——那些考驗的方式，各個幫會不同，但大都和文明社會的行為，完全脫節。

一般來說，需要通過這種「盤天梯」儀式的人，一是向這個幫會挑戰，願意在極殘酷痛苦的情形下，犧牲自己的生命，令得對方的聲勢低落，這才要照這個幫會的規矩來「盤天梯」，若不是有深仇大恨，決不會有「盤天梯」的行為出現。

再就是有人對這個幫會有所求，需要這個幫會為他出大力，也會通過「盤天梯」來表示懇求的誠意。若真是盤過了天梯，幫會必然會為他出力。

也有的是幫會中自己人，為了爭奪幫主之位，而又格於幫規，幫眾不能互相動手的，那麼，爭奪幫主高位的人，也就各需參加「盤天梯」，看誰能通過那種嚴格之極的考驗，而登上寶座。

很稀有的一種情形是，幫中有人要表示自己的勇氣和能力，自動提出要盤天梯的，一旦他能通過，自然在幫中的地位，也就大大提高。

這十二個人的真正身分，雖然還沒有弄清楚，但是當那小老頭一開口說出了「盤天梯」這樣的話時，我和白素都肯定他們一定是一個什麼幫會。

而所有江湖上的幫會，對於本幫本會的聲譽，都十分重視，所以也各自把盤天梯的過程，訂得十分苛刻，到了幾乎沒有什麼人可以通得過的地步。

溫寶裕雖然與眾不同，可是他卻是一個不折不扣的文明人，不但不知道幫會的野蠻，而且，來者還是從苗疆來的，更增了幾分閉塞，誰知道會有什麼古怪的花樣在。

而溫寶裕竟然糊裏糊塗，就答應了下來，而且剛才還肯定了一次，表示決不反口！事情可以說嚴重之極，若不好好處理，溫寶裕會生命不保。

我勉力令自己沉住氣，先不代溫寶裕否定一切，而是問：「為什麼他要為貴幫盤天梯？」

對於我和白素，都顯然一下子就明白了「盤天梯」是怎麼一回事，他們十二個人都並不奇怪，所以這時，我直截了當，稱他們為「貴幫」，他們也沒有特殊的反應，仍然由那小老頭回答。

很可惡的是，那小老頭一副喜氣洋洋的神情，和我與白素的緊張，大不相同，小老頭把理由一說出來，我和白素就呆住了。

小老頭說的是：「藍絲是我們的女兒，小娃子想娶她，當然不能不露一手，不是很應該盤一盤天梯嗎？」

小老頭提出來的理由，簡直是無可辯駁的。

溫寶裕要娶藍絲，藍絲是他們的女兒，溫寶裕自然不能白白要了人家的女兒——連文明社會之中，也有「聘禮」的規矩。那麼他們的要求，就十分合理，至於溫寶裕是不是有本事通得過那種考驗，那是另外一回事了。

我倒抽了一口涼氣，一時之間，出不了聲。白素這時，向焦急之極的溫寶裕道：「他們說藍絲是他們的女兒，你如果想娶她，就要通過一連串他們特定的考驗，他們稱之為『盤天梯』。」

溫寶裕真的不知天高地厚，一聽之後，竟然興高采烈：「好啊，我樂於應試。」

溫寶裕的態度十分明顯，令那十二個人十分高興，紛紛向他伸出豎起了大拇指來，表示讚賞，溫寶裕自然也更神氣活現、洋洋自得。若不是他看到我和白素神色不善，說不定還會手舞足蹈。

我迅速地轉着念，心知如果去問人家盤天梯的內容，那等於打探人家幫會中的最大秘密，那是犯大忌的。可是如果不知道，又絕不能讓溫寶裕去涉險，因為他可能一關也過不去。

就在這時候，白素不急不徐，忽然一下子把問題岔了開去，閒閒地問：「藍絲姑娘怎麼會是你們十二個人的女兒呢？」

那十二個人，一聽得白素這樣問，都笑了起來，笑得十分開心甜蜜，就像普通的父母聽到了人家提起了他們的女兒一樣，十分正常。

那小老頭道：「我們十二個人，行動一致，十二人如同一體，所以藍絲是我們的女兒。」

白素仍然笑着，作了一個手勢：「我問的，不是這個意思，誰是她真正的父母呢？」

我開始明白白素的意思了——如果能請出藍絲的真正父母來，那麼，只要她的父母願意無條件讓藍絲嫁給溫寶裕，小寶也就不必去盤天梯了。

雖然事實上，溫寶裕和藍絲之間的嫁娶，不知道有多少重困難，例如溫寶裕就絕對無法通得過他母親的那一關。但難關總是少一關比多一關的好。

我十分佩服白素想得出這種迂迴的方法，可是我和白素，都大大失望了；因為小老頭的回答竟然是：「不知道，我們不知道她真正的父母是誰。十多年前，我們發現她的時候，她出世不久，是放在一隻木盆之中，從一道河的上游淌下來的。」

小老頭說到這裏，一個狹長臉的女人，首次開口，聲音難聽之極：「她腿上的紋身，那時就已經有了，可能是與生俱來的。」

紋身自然不會「與生俱來」，但是我也不和她去爭這一點，只是道：「既然有紋身，應該可以從上游去追尋她的出身。」

那小老頭搖頭：「上游千山萬嶂，河流經過的苗峒，成千上萬，衛先生，你不是沒有到過苗疆，知道那邊的情形，如何追查起？所以，藍絲是我們的女兒。」

這小老頭的雙眼之中，閃耀着十分精明的神色，他極有可能在白素一提出問題來的時候，就已經明白白素的用意何在了。

白素一直鎮定地把我們的對話，在傳給溫寶裕聽，溫寶裕插言：「是，她對我說過，她的身分神秘莫測，因為竟沒有人知道哪一個部落，會把才出生的女嬰紋身的。」

小老頭又道：「我們十分疼她，也知道她必有來歷，所以送她去學降頭，雖然我們自己對蠱術也有相當的研究，那麼可愛的姑娘——」

第三部

溫寶裕打算入贅藍家峒

小老頭說到這裏，目光灼灼地望定了我，意思十分易明：「想娶那麼可愛的姑娘，盤一盤天梯，不是很應該嗎？」

我也覺得應該，可是問題在於，溫寶裕根本不是幫會中人，也不是江湖上的人物，他是一個文明人，絕不適宜這種古老黑暗的行為。

我勉強笑了一下：「你們有沒有考慮過，如果他通不過，會怎麼樣？」

小老頭和那長臉婦人異口同聲：「怎麼會，如果他和藍絲能成夫婦，天意一定會令他通過。」

我勃然大怒，幾乎發作。我已說過許多次，「盤天梯」這種行動，落後野蠻之至，主要也就在這一點：他們相信，行動者的命運，自有天意安排，如果天意令他能過關，那麼，他就算和一百條餓狼同處山洞中三天，也會安然無恙，毫髮無損。

天意！

我的臉色，一定難看之極，是以小老頭的神情，也有點不是很自在。

集迷信、野蠻、黑暗、神秘於一身的事，要發生在溫寶裕的身上，可是溫寶裕顯然並不知道它的嚴重性，而且還擺出一副躍躍欲試的神情。

我感到無法處理，只好望向白素：「我們要好好和小寶說一下。」

白素苦笑——她極少有這樣的神情：「沒有什麼好說的了，小寶已一再答應了人家，不能反口，除非他忽然改變主意，不要藍絲姑娘了。」

白素的話，前半截溫寶裕一點也不感到什麼，可是最後一句，卻使得他如同坐在一塊燒紅了的鐵板上一樣，直跳了起來，雙手和頭一起亂擺，連聲音都變了：「別開玩笑，那……萬萬不能。」

從溫寶裕的神情來看，這一雙小情人，可能不單是山盟海誓那樣簡單，說不定還有我們不知情的盟約在。

我向溫寶裕作了一個手勢，令他先別跳雙腳，然後道：「他們來自苗疆，和文明社會完全脫節，他們相信天意，認為天意不令你受傷的話，你即使從百丈懸崖跳下去，也不會死。」

溫寶裕在這時，至少感到了事情的嚴重性，他張大了口：「這種情形，會在……盤天梯的過程之中出現？」

我嘆了一聲：「必然會，而且還可能是最初步的一種。小寶，我絕不贊成你去盤天梯——」

說到這裏，我又用力一揮手，十分惱怒地道：「這種行為，本來是早就應該絕迹的了，真想不到還會有人公然提出來，你雖然答應過，可是絕對沒有義務要遵守這種荒唐的諾言。」

我話已經說得十分嚴重，那十二人聽不懂我的話，但自然也可以從我們的神態上，看到事情有了十分嚴重的變化，所以他們的神情，也十分緊張，不過他們並不發問，只是用十分陰森的眼光，盯着我們。

溫寶裕的神情為難之極，用力握着手，連連道：「那叫我怎麼辦？那叫我怎麼辦？」

我看出他的情形，對藍絲一往情深，非卿莫娶。可是他畢竟十分年輕，很少有那麼早就定了終生愛戀生活的情形，自然可以加以勸說。

我又嘆了一聲：「小寶，你愛藍絲是一回事，為了這個而糊裏糊塗送了命，那可不值得。」

溫寶裕這小子，卻聽不進我的話，他道：「不，藍絲不會害我，她沒有理由要我去冒生命的危險，或許是你過慮了。」

我提高了聲音：「或許是藍絲根本不知道他們要你做什麼？」

溫寶裕道：「怎麼會呢？藍絲和他們，親如父母子女，他們一定是早已商量好了的。」

我的忍耐力，已經到了頂點，神色自然也難看之極，聲音也十分難聽：「你那麼喜歡藍絲，我有一個辦法，請勒曼醫院替你複製一個藍絲。」

溫寶裕駭然失笑：「誰會要一個複製人。」

我疾聲道：「把複製人給他們，你要的，是真正的藍絲，那還有什麼不好？」

白素在一旁，雖然沒有插言，可是也不住搖頭，顯然是認為我的提議，荒唐和異想天開之至。

溫寶裕嘆了一聲：「行不通，可能盤天梯是考驗我勇氣的必須程序，不然，藍絲會瞧不起我。」

我氣得臉色鐵青，霍然轉過身去，面對那十二個人。或許是由於我那時的氣勢非凡，那十二個人，人人都挺了挺身子，等我說話。

我先對白素道：「把我們的對話，傳給這小情聖聽，好讓他知道自己的處境。」

白素答應了一聲，我才對那十二個人道：「剛才，我在勸溫寶裕別接受你們的要求！」

小老頭十分狡猾，一口咬定：「那怎麼可以呢，他自己一再答應了的。」

我冷笑一聲：「那是因為他不知道你們的真正身分！在這樣不明不白的情形下，他可以收回承諾！請問，各位真正身分是什麼？」

那十二個人互望着，神情十分凝重，看來並不準備回答我的問題。

我只是一聲冷笑：「天官門雖然銷聲匿迹多年，可是倒也不容易叫人忘記——你們殺人太多，而且殺人的手法，令人不敢恭維！」

我的話才一出口，白素就將之傳給溫寶裕聽，由於我將說些什麼，白素完全可以了解，所以她的「傳譯」，速度快得出奇。我才一說完，她也幾乎說完了！

我這一番話所引起的反應，將會十分激烈，這早在我的意料之中。先是那十二個人再次霍然起立——和上一次他們聽說我認識蠱苗的酋長時，大不相同。上次他們「刷」地站起身，充滿了敬意。可是這時，他們所表現出來的敵意，卻幾乎化為一陣陰風，在客廳中捲來捲去，令得人遍體生寒，說不出來的詭異！

而溫寶裕也在這時，叫了起來：「你在亂說什麼天官門地官門，他們全來自藍家峒……」

我已不能分神去應付溫寶裕，我必須集中精神，面對這十二個人，因為誰也不知道他們站了起來之後，下一步會有什麼行動！

白素顯然明白這種嚴峻的形勢，所以她沉聲道：「小寶，你最好別再出聲，這裏的事，你完全不懂！」

一向溫柔的白素，說出了這樣的話來，已經說明事態的嚴重性。如果是我用同樣的話去警告，溫寶裕一定不服。可是這樣的話，出自白素之口，我不知道他的表情如何，不久，沒有再聽到他的聲音。

而那十二個人，站起了之後，身子像是突然僵化了一樣，一動也不動，十二個人站立的姿勢，各有不同，有的挺立，有的佝僂，有的傾向前，有的斜向後，人人一動不動，真是怪異之極。

而他們的臉色，也變得難看之極。本來他們的膚色十分黑，可是這時，卻在黑中透出一重死灰色來，難看得無法形容。

最妖異的，還是他們的眼光。毫無疑問，他們每一個人的眼中，都有着濃厚的、毫不猶豫的殺意，單是和這種目光接觸，就可以感到死亡的威脅。

我很希望溫寶裕也能看到這十二個人這樣的眼光，那麼他至少可以知道這批人是什麼樣的人。

溫寶裕是看到了的，雖然那十二個人的充滿了殺機的眼光盯着我，他也發覺到了。

事後，他對良辰美景胡說等人，說起當時的經過，他道：「這十二個人一站了起來——人人的目光射向衛斯理，天！剎那之間，我只感到完了。那不是十二股眼光，而是十二種武器，刀槍斧鉞，什麼都有，射向衛斯理，他已經被殺死了！」

我當時，雖然沒有實際上真的被殺死，但是要抵禦這十二個人這樣的目光，也不是容易的事，我勉力挺直身子，還要裝出若無其事的神情來，可是實際上，身內的每一根神經，都像繃緊了的弓弦。

我不記得我們雙方僵持了多久——白素後來說，大約是兩分鐘左右，她真怕我無法支持下去。而這兩分鐘的僵持，我所感到的凶險，比一場激戰更甚。

而接下來的變化，卻出乎我的意料之外，從那小老頭開始，他們十二個人眼中的殺機，在漸漸消退，很快我就不再感到任何威脅，而我也在這時，暗暗吁了一口氣。

接下來，那小老頭說的一番話，更是大大出乎我的意料之外。

小老頭先是吁了一口氣，然後才開口，他的聲音有點沙，有點發顫，可見他說這番話的時候，心情相當激動。他說的是，「衛先生真了不起，竟連我們這種一向是在苗區活動的小人物，都一看就知道了來歷！」

我沒有反應，只是牽動了一下臉上的肌肉——像是發出了一個冷笑，可是並沒有笑聲。

小老頭續道：「的確，天官門以前的聲名……以及行為，實在不堪一提。可是自從四十年之前，天官門上一代的十二天官，被整個營的軍隊追捕，過半受了重傷，躲進了藍家峒之後，情形就不同了……」

他講到這裏，略停了一停，我深深吸了一口氣，對於四十年前發生的事，只怕非但是我，整個江湖上，也一無所知，只當他們忽然不活動了。

整營有現代化武器的士兵，追殺神秘莫測、殺人手段高強的十二天官，這其中不知有多少驚心動魄的事情發生，只怕軍隊已不能佔了太大的便宜，一定有不少軍人，死在他們的手下。

小老頭說到這裏，氣氛已緩和了許多，白素自然把話傳給了溫寶裕，我直到這時，才能回頭看了他一下，只見他張大了口，像個呆瓜一樣。

小老頭嘆了一聲，繼續道：「十二天官躲進了藍家峒，自然安全了——藍家峒的形勢十分險峻，而且所在之處，正處於國界，究竟屬於哪一國，也說不出來。藍家峒本來就精於蠱術——」

他說到這裏，作了一個手勢，不忘補充一句：「自然及不上猛哥酋長的那一族。」

我也作了一個手勢，請他繼續說下去。

小老頭吸了一口氣：「十二天官的蠱術，比我們精進得多，而且為了感謝藍家峒收留之恩，所以在峒中挑選了十二個長幼不一的少年子弟，開始傳授。這十二個，就是我們現在這十二個人了。他們不但傳授蠱術，而且還傳授我們十分精湛的武術，自此之後，我們十二個人，就形影不離，一如十二天官。」

我應了一句：「你們就是十二天官，上一代把一切都傳給了你們？」

小老頭道：「可以這樣說，但多少有點不同。」

長臉婦在這時，插了一句：「峒裏收留這十二個人的時候，根本不知道他們是什麼人，直到他們臨死之前，他們才把來歷說了出來！」

我駭然問：「十二天官……連死也是一起死的麼？」

小老頭的語氣十分平淡，像是說的是十分普通、理所當然的事一樣，他道：「在結為十二天官之時，都曾發過誓：不能同年同月同日生，但願同年同月同日死！既然發了誓，自然得遵守！」

他說到這裏，目光射向溫寶裕，我也忙向溫寶裕看去，只見他仍然張大了口，看起來像是呆瓜——他自以為見多識廣，已經有過不少非凡的經歷，看來這時，他才知道世上匪夷所思的事多得很。

白素在這時，忽然冷冷地道：「不是只有誓言那麼簡單吧，另外還有約束力量的。」

我不以為白素知道苗峒的事和天官門的事比我多，可是她的心思比我縝密，所以容易作出正確的推測。這時，她用十分肯定的語氣，說出了她的推測，就一言中的。小老頭在怔了一怔之後，才道：「對，十二人結盟之時，就落了『齊心蠱』，自此十二人一條心，生死與共，誰也不能單一活着。」

雖然我對蠱術也有一定的認識，可是只是皮毛，不知內容。這小老頭這樣說了，自然是十二個人中，如果有人不想死的話，死亡也必然會來臨，不能避免。

一時之間，客廳中靜得一點聲音也沒有。又過了一會，小老頭才又道：「直到那一天，我們才首次知道自己十二人，是十二天官。上一代的十二天官，對我們詳細說了天官門的情形——用蠱術殺人，接受委任，不分被殺的是好人還是壞人，有時，蠱術像是瘟疫一樣，會自動蔓延，不但累及許多無辜的人，而且流毒的時間也很長，確然是害了不少人。」

小老頭在講這番話的時候，神情十分肅穆，可是語調卻相當平淡，叫人一聽就感到他是在說別人的事，不是在說自己的事。

我低嘆了一聲：「江湖傳說把天官門渲染得十分可怕，叫人談虎色變。」

小老頭續道：「那時，他們進峒，已經有二十年了。在那二十年之中，他們當然未曾再殺過人，只是盡心盡意教我們，還把外面世界的事情，告訴我們，全峒上下，對他們都十分尊敬。而且他們本身，也十分後悔以往的行為，一再告誡我們，不可仿傚。所以我們得到的『天官門』傳授，和以前的天官門無關！」

我相信小老頭所說的是實話，可是我仍然對剛才他們的目光介懷，我道：「剛才，我一語道出了你們的來歷時，你們沒想到殺人？」

十二人齊齊嘆了一聲，長臉婦人道：「這是我們最大的秘密，上一代十二天官去世之前，囑咐我們，至少再過二十年，才能離開藍家峒，說到時必然不會再有人知道天官門是怎麼一回事了。可是剛才你一下子就說了出來，哪有不令人驚駭欲絕的？」

他們十二人剛才的目光雖然可怕，可是他們畢竟沒有出手。而且我相信，這十二個人若是一起出手，別說他們精通蠱術了，就是他們精湛的武術，我和白素，是不是應付得了，還大成疑問。

他們沒有出手，這至少證明他們並不含敵意，我又鬆了一口氣：「請坐，我們繼續討論盤天梯的問題——能先透露一點內容嗎？」

小老頭嘆了一聲：「衛先生，你也太多慮了，藍絲喜歡這小伙子，我們也一見就喜歡，怎麼會特別為難他呢？只不過是給他一個機會。」

我苦笑：「你們始終不明白一點，他是一個在城市中長大的人，和你們的生活方式截然不同。對你們來說，讓十隻毒蛛蜘爬在舌頭上，是兒童的遊戲，可是對他來說，卻是致命的冒險。」

小老頭又嘆了一聲：「可是他始終是要和藍絲在一起生活的，是不是？」

我用力一揮手：「就算是，也是藍絲到城市來，和他一起過文明生活，而不是他到苗峒去當苗人。」

我自認我這樣說法，再理直氣壯也沒有，可是那十二個人一聽，卻人人都現出訝異莫名的神情來。那小老頭立時道：「衛先生，你弄錯了吧！當年我們發現了藍絲之後，一把她帶到峒裏，峒主就說：看這女娃子，腿上有着蠍子和蜈蚣的花紋，一定是蠱神下凡的，或者是蠱神派來的，將來一定是藍家峒的峒主。」

他說到這裏，頓了一頓，我聽出其中大有蹊蹺，立時向溫寶裕望去，溫寶裕縮頭縮腦，一副賊忒兮兮的樣子，更令我怒火中燒。

小老頭在繼續着：「峒主當然住在峒裏，她現在雖然在學降頭術，可是不多久，她就會回藍家峒接任峒主，這些，溫先生全知道的。」

我大喝一聲：「小寶。」

溫寶裕忙叫道：「我有權決定自己在那裏居住的。」

這一句話，反倒不再令我生氣了，我只是在剎那之間，心灰意冷——我這樣為他爭取，他卻反倒以為我在妨礙他的自由。

所以我不怒反笑：「好極，好極，沒有人能干犯你偉大的自由，你請吧。」

溫寶裕漲紅了臉：「都是你一向堅持的原則，為什麼一和你意見不同，你就改變了態度。」

我冷笑：「我沒有建議你父母做一隻鐵籠把你關起來，我叫你請便！聽到了沒有？請便的意思就是隨你的便，愛到哪兒去，就到哪兒去。」

溫寶裕的臉漲得更紅，他自然可以在我的神態和言語之中，知道我大怒而特怒，所以他轉向白素望去。白素搖着頭，也大有責備的神情：「我們這裏，沒有人會反對你和藍絲的事，相反地，我們還設想了許多方法，商量如何說服令堂。可是你卻竟然不把我們當朋友，連你答應了她將來會到藍家峒去生活，那麼重要的事，都一點也沒想到過對我們說？」

溫寶裕還在強辯：「人總有一點私人秘密的。」

我實在忍不住了，大喝一聲：「你給我滾！最好別讓我再見到你。」

同時，我對那十二個人道：「隨便你們怎麼對他，都不關我的事，你們可以立刻帶走他，去盤天梯。」

那十二個人自然看到我十分生氣，可是一聽得我說不再干涉溫寶裕盤天梯一事，他們又現出十分高興的神情來，一起走過去，圍住了溫寶裕。

溫寶裕看來，還想對我說什麼。可是我根本不睬他，逕自上了樓，在樓梯上，我還對白素叫：「別去刺探人家的私人秘密，也別去干犯人家的自由。」

我進了書房，聽到開門聲、關門聲，又聽到白素上來的聲音。然後，白素出現在書房的門口，柔聲道：「好久沒有見到你生那麼大的氣了。」

我苦笑：「何止好久，簡直我一輩子，就沒有生過那麼大的氣，太豈有此理，太不識好歹了！」

白素嘆了一聲：「各人有各人的想法，或許他真的願意和藍絲一起住在苗峒，他也有他的權利。」

我冷笑：「他為什麼一直不對我們講起？」

白素想了一想：「我們也不是每件事都告訴他的，人總有一點私人秘密的。」

連白素也這樣講——可是我瞪視了白素半晌，卻又無法反駁她的話。

我用力一揮手：「算了，這可以說得上是本世紀最大的奇緣了——不過我看他不知道用什麼方法通過他母親的那一關。」

白素道：「我看，溫寶裕去做藍家峒的上門女婿，至少要在他滿二十一歲之後，還有幾年，不必那麼早替他着急。」

我「哼」地一聲：「苗女早熟，只怕藍絲等不到溫寶裕滿二十一歲！」

白素默然片刻才道：「他剛才走的時候說，他不會有事的，叫你別擔心。」

我咕噥了一句：「最好讓他給蠱蟲啃吃了！」

這時，我已經下了決心，我感到溫寶裕的行為，太不夠意思，所以我對他的熱忱，也不免大幅度減低，他怎麼樣，是他的事，不必太關心。太關心了，他非但不領情，還會討厭。

這種決定，自然令人相當不愉快，所以我長嘆一聲，一副悶悶不樂的神情。白素來到我身邊，輕輕靠着我，低聲道：「當年你為了我，龍潭虎穴都敢闖進來，當時的形勢，可比到苗疆去盤天梯凶險得多了！」

我又笑了一聲：「你不明白——我是那樣的人，他不是！這其間大不相同。」

白素道：「既然是他的決定，就讓他去學着做苗人好了，他有權這樣做，只要他自己認為那樣做會帶來快樂。」

第四部

杜令和金月亮要借我和白素的身體一用

我狠狠地揮了一下手：「到他知道苗人認為最美味的是爬滿了蛆蟲的腐肉時，我很難想像他會快樂。」

白素皺了皺眉：「你真會舉例子。」

我揚眉：「那還算是好的，窮山惡水之中，什麼樣的毒蟲都有，有一種蟲，會鑽進人的骨頭去，嚼吃骨髓。」

白素揚手輕打了我一下：「藍家峒內的十二天官，看來個個十分快樂。」

我們不再談溫寶裕，轉而談論了片刻天官門的事，決定日後遇上了白老大，一定要把天官門的情形告訴他。天官門的十二天官傳到了這一代，自然原來的天官門，可以說名存實亡了。

而在江湖上有那麼神秘傳說的天官門，竟然和溫寶裕發生了那麼密切的關係，這是事先絕不能想到的事。

當我和白素都沒有話說的時候，屋子中出奇地靜，和溫寶裕在的時候的嘈雜，簡直如同兩個世界，那令我十分感嘆。白素知道我的心意，握住了我的手，柔聲道：「別再生小寶的氣了——他長大了！不再是小孩子，他有對任何事自作主張的權利。」

我伸手在自己的臉上，重重撫摸了一下：「我一直沒有把他當小孩子，一直當他是朋友，哼，這小子，竟然重色輕友。」

白素笑了起來：「這樣的指摘，太嚴重了吧。」

我一瞪眼：「還有什麼適當的指摘？」

白素深深地吸了一口氣，神情十分陶醉：「青年人的愛情，也有可以持續一生的。」

我當然同意白素的話，可是溫寶裕和藍絲之間的情形，實在太古怪，不但夾雜着神秘莫測的苗峒和蠱術，而且還牽扯上了天官門，真是牽絲攀藤，亂七八糟到了極點！我自然而然揮了揮手，就在這時，電話響了起來，白素按了一下按鈕，就聽到了溫寶裕的聲音，他大聲叫：「不可含怒到落日。」

那是《新約》中的一句話，他什麼也不說，只用這一句話來勸我別再發怒，也算是有頭腦的了。我嘆了一聲，也大聲回答：「罷了。」

溫寶裕大大地鬆了一口氣，才又道：「放心，不會有什麼意外，多則半月，少則十天，我就會向你們報告一切經過。我騙父母到澳洲去看那裏的幾間大學，請你們多耽待一下。」

我吃了一驚：「澳洲是文明地區，有電話可通的，你怎麼瞞得過去？」

溫寶裕嘆了一聲：「只好見一步走一步了，我預先錄了一些錄音帶，請胡說幫我運用，希望可以蒙混得過去，這是我人生之中的頭等大事，不能因為有小小困難，就不去做的。」

我冷冷地道：「真勇敢，真有出息。」

溫寶裕嘆了一聲：「你日後會了解我的。」

我長嘆一聲：「真悲哀，我以為我早已了解你了。」

溫寶裕苦笑：「原振俠醫生常說他自己都不了解自己，你別太責怪自己了。」

白素在這時插言：「小寶，你先去見藍絲，要她幫你！她是藍家峒的未來峒主，十二天官會聽她的話，一切進行起來，就會順利得多。」

溫寶裕大聲答應着，又道：「惹你們生氣，真不好意思，我不是故意的。」

白素的反應和我不同，她道：「我們知道。」我則用一下悶哼聲來替代。電話完畢之後，我搖着頭：「看來，溫寶裕早就有預謀的了，誰也阻止不了。」

白素微笑：「我倒覺得他應該這樣——雖然他的遭遇十分怪，怪到了幾乎在現實生活中不可能發生的程度。」

我又「哼」地一聲：「簡直是神話。」

白素笑得十分輕柔：「你的經歷雖然又多又怪，可是也不會有這一段吧？」

我揚了揚眉：「我到苗疆的時候，溫寶裕還沒有出世哩……唉。」想起了往年在苗疆的那段經歷，我自然而然，發出了一下嘆息聲來，那段經歷，還包括了一個十分溫婉的苗女的愛情故事，想起來自然令人傷感。

溫寶裕果然說走就走，從第二天起，就不見他的蹤影，一直到第三天，胡說才來見我：「很好，小寶留下的錄音帶，很有用處，他家裏以為那是他從澳洲打過去的電話，並未起疑。」

我問胡說：「你可知道他實際是到什麼地方去了？」

胡說像是訝異我有此一問。他道：「當然知道，他到苗峒去了，他說，他通過一個考驗，就可以使他和藍絲的關係，得到苗峒的公認。」

胡說講來相當輕鬆，可能他們都處在熱血青年的階段，所以反應和我不一樣，自然，這和他們不知道事情的凶險程度，也大有關係。

我沉聲道：「但願他能平安回來。」

胡說顯然不同意我的態度：「小寶對我說，你十分憂慮，又對他十分生氣，真的，我也不明白你何以憂慮。是藍絲叫他去通過那考驗的，藍絲怎會害他？」

我不禁又有了怒意，所以也提高了聲音：「你知道什麼，藍絲認為平常之極的事，對普通人來說，就可能凶險之極——這一點，可能連藍絲自己也不知道，她只不過是一個小苗女！她自己可以吞下一打活的毒蜘蛛，溫寶裕能做得到嗎？」

胡説和溫寶裕不同，我看出他仍然不同意我的意見，可是他卻沒有和我辯下去。

又過了三天，胡説又來報告，溫家仍然以為溫寶裕在澳洲，沒有「穿崩」。胡説走了之後不久，門鈴又響了起來，我以為是他去而後返，可是門一打開，意外之極的是，站在門口的是一雙俊男美女，在這之前，我再也想不到他們會再度出現在我的眼前。

俊男是杜令醫生，美女是金月亮。

上一個故事中的人物，古怪的杜令醫生和美麗的沙漠女郎金月亮。

我和他們分手，還不到三個月。臨別依依，本來很想訂一個確切的再會日期，因為這兩個人的身分來歷，堪稱怪異莫名，十分值得進一步的了解。

可是杜令這個當然是來自外星的異星人，和金月亮這個再生的唐朝美女，分明正陷進了熱戀之中，幾乎每一秒鐘，他們都有嘰嘰咕咕講不完的話，使人覺得再和他們詳細訂約會，是十分無趣的事，所以，我們在離開的時候，甚至連「再會」都沒有説——説了他們也不會聽到的，不如省掉算了。

真想不到他們會自己找上門來，自然叫人高興。

在這裏，附帶說幾句：我記述每個故事，有的時候，忽然感到在這個地方作為一個結束十分恰當，那我就在那個地方，作為故事的結束，恰如音樂節奏中的休止符，或是書法藝術中的頓筆一樣，可以起到相當好的效果。

例如上一個故事《毒誓》，寫到杜令在山洞之中，找到了外星人孑遺的「靈魂」之後，金月亮這才恍然大悟，叫：「你不是人。」

杜令的回答是：「月亮，你又何嘗是人？」

這兩句對話，十分特別，所以就在這裏結束，留有無窮的韻味，也可以給各位朋友以極大的想像力，這是個人記述故事的一種手法。

若認為這是把一個故事「草草了事」的，自然是一種誤解了。

而且，每一個故事中的情節，如果有未曾記述出來的，必然會在下一個故事，或下幾個故事之中，自然會穿插補充清楚。有時是兩個故事連續，如《錯手》、《真相》，有時，隔很多個故事，例如《鬼混》中溫寶裕和藍絲的戀情，直到這次，才有發展。

更有隔了很久，還沒有開始的，像《密碼》中那個人蛹，到現在，也還未有進一步的消息，等等，形形色色，變化多端——始終認為，故事有起伏跌宕，一定比四平八穩好，看起來有味道得多。

忽然插了那麼多閒話，竟然有愈說愈多之勢，像故事中的一些微末情節，有時，往往不是長話短說，略過去算了，像上一個故事之中，另一個複製的金月亮，送到了阿拉伯酋長的後宮，阿拉伯酋長大喜過望，撥巨款支持漢米烈教授進行考古活動，也託專人把那柄匕首和那綑羊皮送來給我，現在都在我的書房之中，這些事，帶過就算，若是說得太詳細，十分枯燥乏味，是衛斯理的老朋友，自然都知道我的敍事方式的。

好了，閒話休提，我大聲叫：「歡迎！歡迎之至。」

我這時高叫歡迎，自然是真正的歡迎，和用「布努」歡迎那十二個苗人時，大不相同。我一面說，一面用手指指着杜令：「怎麼想起我來了，你這個古怪得不能再古怪的醫生。」

杜令呵呵笑着，一副十分無辜的樣子，攤開了雙手：「我一點也不古怪，和你一樣，居住在宇宙的一個星球之上，甚至外形也一樣。」

我「哼」地一聲：「誰知道你原來是不是這個樣子的？何況，你來到了不屬於你的星球。」

金月亮急急為杜令分辯：「他真是這樣子，本來就是這個樣子的。」外星人的外形，可以千奇百怪，全然超乎想像力之外，自然也可以簡單不過，就和地球人一模一樣。

我請他們坐下：「無事不登三寶殿，有什麼事來找我？」

杜令長嘆一聲，對金月亮道：「你看看，地球上人心險詐，幾千年不變。明明是我們有好處給他，他卻以小人之心來猜度，還以為我們有事求他，我們走吧。」

我並不生氣，只是搖頭：「只怕你這外星生物，心地更險詐，說你沒有事來找我，我相信才怪。」

杜令和金月亮互望了一眼，笑得大是狡猾，杜令更是滑頭，竟然臉不紅，氣不喘，立即改口：「至少是互利的，不單是我們有事求你。」

我笑了起來：「先説對我有什麼好處。」

杜令吸了一口氣：「向你報告一些事，那些女人的靈魂，已經經由特別的裝置送回去了，在那裏，她們會得到新的身體，她們的……嗯……『星籍』，也會得到確認。」

聽到了「星籍」這樣的名詞，我只覺得好笑，但捨此之外，也沒有別的名詞可用。我道：「其實她們在地球上也可以生活得很好。」

杜令搖頭：「她們應該回到自己的星球去——你還記得在一列屍體之上的洞壁上，她們留下的字？」

我瞪了他一眼：「當然記得，而且也知道你懂，可是看你當時那種急不及待的樣子，也懶得問你。」

杜令笑道：「很簡單，裘思慶的用心惡毒，但是卻反倒提醒了她們，使她們毅然捨棄了身體。而當她們的上代離開地球的時候，早就有準備，她們的靈魂一離開身體，就進入了一個裝置——就是我在那個山洞之中找到的那一個，這些，你都知道的了。」

我迅速地把當時的情形想了一想，緩緩點了點頭：這種靈魂離開身體的「解脱」方法，聽來十分駭人，所以我有點不寒而慄的感覺。

金月亮這時，忽然問了一句：「裴……思慶説他的大宅，在長安永嘉坊，離道化門很近的，那地方……現在還在不在？」

杜令像是十分不樂意，斜睨着她：「你問這些幹什麼？」

金月亮笑：「逗你生氣。」

杜令作大怒狀：「嘿，該把你過去的記憶，全部刪除。」

金月亮美麗的臉龐上，立時出現了一片惘然之色，像是什麼記憶都不再存在的白癡。兩人這一番打情罵俏，把我看得目瞪口呆，竟不知如何阻止他們才好。

杜令又十分認真地道：「那個姓裴的唐朝人，行為十分卑劣，不值得去想他。」

金月亮嘟起了嘴：「沒有人想他，只是隨口提一提。」

杜令哼地一聲：「你還想要我把那綑羊皮上的記載，全部譯出來，説給你聽。」

金月亮不再出聲，想是他們兩人，曾為這件事爭吵過好多次了。我聽得他們這樣的對話，心中倒為之一動。我知道唐朝人裴思慶的事，也來自那細羊皮。可是我們不懂那白衣女人的文字，所知的一切，全是裴思慶的夾註評論，和他恬不知恥的自吹自擂，若是能看懂那些文字，對他的生平，一定可以有更多的了解。

雖然裴思慶這個人，早已在沙漠之中煙消灰滅，就算知道了他的生平，也沒有什麼意義，但總是十分有趣的一件事——裴思慶當時在身子完全不能動彈的情形之下，講述自己的生平，什麼事都不敢隱瞞，只怕世上再也不會有人像他那樣，對別人如此毫無保留地說出自己一生的所作所為的了。

我望着杜令，杜令顯然明白我的意思，可是他卻有點誤會，他攤開了雙手：「第一件事，正是想向你借那細羊皮，把裴思慶的完整故事譯出來——不然，會有人要生相思病，哼。」

金月亮卻假裝沒有聽到，轉過了頭去，低哼着一種旋律相當野的小調。我笑道：「沒有問題，不過有一個條件，我要一份譯本。」

杜令笑了起來：「好，我會錄音，給你們一份錄音帶。」

杜令後來交來的錄音帶，竟然超過十小時，這倒是始料不及的。自然，裴思慶的一生，水落石出，連他在青年時代，和人賭錢，輸了就使用不正當的手段來賴帳的事，都說得十分清楚。

可是這份錄音帶，別說我是個沒有耐性的人不曾聽完，連白素也聽着聽着，嘆了一口氣而放棄了。畢竟是一個在歷史上已經消失了的人，一生的瑣事如此之多，誰耐煩一樁樁一件件地聽下去？況且他一生之中，大奸大惡、大起大伏的經過，我們都已知道了，自然也引不起什麼好奇心來了。

自然，如果要用長篇文藝小說的筆法，以盛唐作背景，大書特書這個奸惡的長安大豪的一生，也可以成為一部輝煌巨著，但那自然不屬於衛斯理故事的範圍，所以也可以置之不理。

杜令把錄音帶給我的時候，是三天之後的事，他提出了第二個要求。

那天他和金月亮一起摟着進來的時候，白素也在，我已經向白素說過他們來過的事，白素對他們，自然也歡迎備至。

在交還了那綑羊皮和錄音帶之後，杜令道：「我要回去了，帶她一起走。」

我和白素一起「啊」地一聲，我問了一個十分在行的問題：「用什麼方式回去？」

杜令吸了一口氣：「只是記憶，身體會留下來，留在地球上。」

我早就料到，星際航行，只有拋棄身體，才能實行，不然，只能在近距離飛行，無法作遠距離的突破，因為身體十分笨重，非常礙事，而且，很容易敗壞死亡。

我聽得杜令說得如此自然，也不禁有點駭然，同時又立刻想到了一個問題：「你來的時候，也只是……記憶？那時你的這個身體——」

杜令道：「這個身體，是根據我原來的形狀，在勒曼醫院複製出來的。」

我和白素都不明白：「你……帶了一個細胞來？」

杜令搖頭：「當然不是，在超過光速的情形下，即使是一個細胞，重量也會變得無限大，地球上有一個科學家已論證過這一點。」

我點了點頭，愛因斯坦的確曾有過這樣的理論，他甚至肯定說，沒有任何物質，可以到達光速。

杜令道：「所以不能帶細胞來，而且，航行的速度遠超光速許多倍，只有記憶可以在這樣的極速中來去。」

我更加不明白：「既然沒有你的細胞，如何複製出一個你的身體來？」

杜令笑了起來：「簡單之至，每一個人，每一種生物的細胞之中，有一個組成部分，你們稱之為染色體。在染色體中，有一組生命的遺傳密碼，決定一個人或一種生物的外形特徵、生活力式，決定生命的一切。」

我和白素深深吸了一口氣：「生命密碼的秘奧，你們早已知道了？」

杜令點頭：「所以，只要記得我的生命密碼，隨便用什麼人的細胞，只要代入我的生命密碼，在複製的過程之中，發展出來的，就是我的身體。」

我吸了一口氣：「是誰幫你做這種事的？」

杜令伸了伸舌頭：「勒曼醫院的一個醫生——我不斷用我的記憶去刺激他的腦部，使他的腦部產生我所希望發生的反應，結果是在我的身體被複製出來之前，等於我借用了他的身子，勒曼醫院的另一些醫生，曾以為這位醫生生了夢遊病。」

我和白素聽得目瞪口呆，事情其實並不是很複雜，只不過是一組記憶，借用了一個人的身體，去複製出一個他的身體來而已。

可是整個事情，卻又如此不可思議，令人聽了之後，身子像是虛懸在半空。

杜令道：「地球人對身體和記憶的關係，還不是很清楚，總以為身體一沒有，生命就結束，所以對於記憶離開身體，看得十分嚴重——那些白衣女人，幾百年來，也由於不明白這個道理，所以十分困擾。」

金月亮搖着頭：「我到現在，還是不明白，只不過你那樣說，我相信你。」

杜令道：「放心，因為之後，一定給你一個和現在一模一樣的身體，你的生命密碼，我記住了。」

金月亮自然十分擔心：「記清楚點，弄錯了一點，可不得了。」

我駭然失笑：「是啊，人和黑猩猩的差別，也只有百分之一。」

白素在這時，問了一句：「那麼，我們能為你兩位做些什麼呢？」

杜令欲語又止，似乎有難言之隱，我和白素一起向他作了一個手勢，意思是但說無妨。

杜令道：「我們的記憶要回去，要經過相當複雜的操作過程，操作過程通過一組儀器來進行。其中有若干程序，是要我們的記憶離開了身體之後進行的——身體畢竟還是有用處的，手指可以按動按鈕，記憶就不能。」

他說到這裏，我已經明白了，白素也明白了，所以，剎那之間，我們的神情，一定怪異莫名。杜令住口不言，一副不好意思的神色。

我先吸了一口氣，才有勇氣把問題說出來：「你要借用我們的身體？」

杜令忙道：「只是暫時的，而且只是很短暫的時間，而且還是局部的。」

我乾笑了幾聲：「請解釋『局部』之定義。」

杜令道：「局部，就是不是全部，我只影響你們腦部的一部分活動——在這種情形下，你們會做一些本來不會做的事，例如操作那些裝置之類，等我們的記憶一走，你們立即恢復正常。」

我和白素互望着，神情仍然怪異莫名——我們兩人的經歷，可說豐富之極。可是把身體借給人家用一用，這種事別說沒經歷過，連想都不會想到過。

我先問：「為什麼找到了我們？」

杜令道：「你們恩愛，而且，你們可以信任，因為我們的去和來，畢竟還是十分秘密的事。」

我道：「多謝你的信任——在你的記憶進入我的身體時，我還是我嗎？」

杜令聽了之後，好一會沒有說話。

第五部

溫寶裕失了蹤

他的反應，令我遍體生涼，失聲道：「那時，我不是我？是你？」

杜令十分為難：「這也正是我要找你們兩位的原因——會有一個十分短暫的時間，你們事後回憶起來，只是一片空白，平常人很難經受這樣的經歷。」

我乾笑：「那不算什麼，很多喝醉酒的人，都有記憶一片空白的經歷。」

白素向我望了一眼：「只怕事情不是那麼簡單，杜令先生，你可以把真實的情形完全告訴我們，我們可以經受得起——而且，在我們未明白全部經過情形之前，我們無法決定是不是答應幫助你們。」

杜令和金月亮互望了一眼，兩人的神情，在剎那之間，也變得十分凝重，白素的話說得十分明白，這也正是我的意思，而且，杜令有求於我們，自然一定要把會發生什麼事，讓我們知道。

當白素說完了那番話之後，我握住了她的手，也望向杜令和金月亮。

過了大約半分鐘，杜令才道：「好，首先，我和月亮，記憶組和身體會分離，這種情形，十分自然，而且必須，你們會目擊、會誤會我們已經死亡。」

我悶哼了一聲：「我曾經經歷過記憶和身體的分離，自問還知道身體和靈魂的關係。」

杜令的神情有點尷尬，又十分訝異：「對不起——然後，我們的記憶組，就會進入你們的腦部，借用兩位的身體，進行一連串的操作。」

白素在這時候，作了一個十分不滿意的神情和手勢，令得杜令知道她對他的話十分不以為然，所以他的俊臉紅了一下，才道：「大約只要三分鐘，我們就完成了操作，兩位也就恢復正常了！」

我在這時，也在杜令的話中，聽出了不對頭的地方來了，我道：「為什麼要我們兩個人？是你的記憶進入我的腦部，金月亮的記憶進入白素的腦部？」

杜令點頭：「是。」

我哼了一聲：「三分鐘的各自操作，金月亮能勝任嗎……」

杜令道：「我已教會了她。」

白素在這時，又冷笑了一聲，而這時，我和白素心裏已完全一致，我的聲音也相當嚴厲：「那又何必借我們的身體？乾脆由我們來操作不好嗎——金月亮能學得會的操作程序，我們反而學不會？」

杜令還沒有回答我的責問，白素已嘆了一聲，指着我：「你怎麼聰明一世，糊塗一時？人家就是不要你學會，你怎麼不懂？」

我「啊」地一聲，作恍然大悟狀：「原來如此，人家的來去，是一個大秘密，不能泄露的！這一切不知在什麼地方進行？」

白素道：「自然是一個秘密地方。」

我裝模作樣：「那我們豈不是要蒙着眼前去，免得我們知道了那個秘密所在。」

白素道：「事後把我們的有關記憶，一起摘除，效果也是一樣。」

我哈哈大笑：「要是記憶摘除手術稍有差錯，你和我變得不認識了，那便如何是好。」

白素甜甜地笑：「那敢情好，我們可以從頭來過，再嘗戀愛滋味。」

我和白素，一唱一和，對杜令竭盡冷嘲熱諷之能事，這個外星偽君子居然也知道，臉上一陣白一陣紅，坐立不安，無法剖析。

白素性子十分柔和，絕少給別人那樣的難堪，可是杜令實在太欺侮人了，他提出了要借我們的身子，這對我們來說是一件頭等大事，可是事實上，他完全可以不必那樣做，只要他教我們如何做就可以了。

他不肯教我們怎麼做，而要借我們的身子，由他和金月亮來「親手」做，原因只有一個：他不信我們。

這還是不是混帳之極。

我和白素的對話，把他調侃夠了，兩人就冷冷地望向他，看他如何說。

杜令低着頭，好一會不出聲，金月亮在一旁，一會兒緊捏着他的手，一會兒又摟吻他，一會兒又輕拍着他的臉，神情十分焦急。

過了兩分鐘左右，杜令才長嘆了一聲，站了起來，向我們道：「對不起，打擾兩位了，只當我們沒有來過，真對不起。」

他握住了金月亮的手，一面向我和白素鞠躬如也，一面已向後退開去。

他竟然這樣打了退堂鼓，這很出乎我的意料之外。也就在這時，白素捏了我的手一下，我知道這是白素叫我靜以觀變，所以我並沒有說什麼。

金月亮在這時着急道：「我們走？不要他們的幫助了？你不是說過——」

杜令打斷了她的話，拉住了她的手：「走吧，他們不肯幫助，有什麼辦法？」

接下來發生的事，意外之極，而且令人啼笑皆非。金月亮用力一甩手，掙脱了杜令，向我們走來，俏臉通紅，急速地喘着氣：「兩位。你們一定要幫助，他説，只有兩位可以幫助。」

我冷冷地道：「對不起，我們覺得不合理——或許這只是地球人的標準，但我們既然是地球人，自然照地球人的行為標準行事。」

金月亮急得頓足：「你們不答應，我就不能和他一起離開了。」

白素也出乎意外的冷淡：「那好像是你和他的事，與我們無關。」

金月亮叫了起來：「不！和你們有關！我死了一千多年，本來躺在大水晶裏面，什麼也不知道，什麼煩惱也沒有，是你們又令我活過來的，我要是不能和他在一起，我會痛苦欲絕。」

金月亮這一番話，真的叫我和白素兩人，目瞪口呆，不知如何應付才好。

我本來想説：那你就再死一次好了。

可是這句話，在喉嚨裏打了一個轉，終於沒有說出來。因為那畢竟流於無賴了。

想深一層，金月亮的指摘，也不能完全說是無理取鬧。的確，她早已死了，人生的痛苦，也早已隨着她的死亡而結束。是我們多事，想到了勒曼醫院，令得她再生——這種情形，奇特之極，但也確然又使她有了人生的痛苦和煩惱。

我和白素兩人，極少有這種給人一番話說得面面相覷的情形，但這時，真不知如何才好。

金月亮說完之後，一手叉着腰，望着我們，她的這種情形，倒叫人想起她當年在沙漠上跟着匈奴大盜馳騁的英姿，這個人，如今會站在我們的面前，確然是我們所做的「好事」，這是令我們無法反駁她的原因。

白素先開口，她不對金月亮說話，而是向着杜令：「請解釋原因。」

杜令吸了一口氣：「由於要保守秘密。」

我大是惱怒：「我們像是會泄露秘密的人嗎？」

杜令搖頭：「問題不在這裏，問題是那一套操作的方法，可以把人的記憶送走，可以達到宇宙航行的目的，誘惑力太大了。」

我明白杜令的意思了。

這時，我不怒反笑：「你怕我們會藉此去遨遊太空？哈哈，你對地球人的了解太淺薄了——至少，你對我的了解太不夠，我給你三天的時間去了解我們，然後，再來找我們幫忙。」

杜令眨着眼，一時之間，不知該如何才好，金月亮在催他：「衛先生或許根本沒有想奔向宇宙。」

杜令的口唇掀動，像是說了一句「沒有一個地球人不想的」之類的話，我沒加理會，大喝一聲：「三天時間，應該足夠了。」

杜令一伸手，又拉住了金月亮，把金月亮硬拉了出去，在這時候，我「呸」的一聲：「豈有此理，這才叫門縫裏看人，把人看扁了。」

白素又好心腸起來：「或許他有難言之隱。」

我更加大是光火：「怎麼近來碰到的全是這樣的人，有的是有難言之隱，有的要保留個人的秘密，全都鬼頭鬼腦，絕不光明正大。」

白素微笑着，不和我爭論什麼。我忽然又想起了一些事，用力一搖手：「我看來自那個星球的人，人格上很有問題，絕不高尚。」

白素揚了揚眉，顯然是在問我，有什麼根據。

我道：「杜令和金月亮，兩個人回去，需要兩個人，我和你，為他們作最後步驟的操作。」

白素點頭：「所以他們來求助——」

白素說到這裏，略頓了一頓，我知道她也想到了。

我「哼」地一聲：「想到了？當年，一批人來到地球，甚至在地球上留下了後代，這批人回去的時候，是誰幫他們作最後程序操作的？」

白素的聲音，十分鎮定：「當然是那些白衣女人，而且，每一個人回去，一定需要一個人為他操作，不然，杜令就不會來求我們兩人。」

我的聲音比較激憤，我道：「可以推斷，他們在地球上留下後代，目的就是回去的時候，可以有人替他們操作最後的程序，而他們把利用過的人，留在地球上，留了那麼久，才再派人來。」

白素默然不語半晌，因為我們推斷出來的情形，確然相當可怕。試構成如下的情形：一羣異星人來到地球，他們來的時候，並沒有形體，到了地球之後，改變了地球生物的遺傳密碼，製造了身體，變成了一批人。

（這是從好的一面去設想，壞的一面是他們可能永遠「借用」了一些地球人的身體，使他們方便在地球上活動。）

而這批異星人明知，他們要回去，必須有人替他們操作一些最後的程序，他們不相信地球人，不會央求地球人的幫助。

於是，他們就深謀遠慮，故意和地球異性結合，生下了一些後代，就利用這些後代，去完成這些程序——他們使用的，多半是「借用身體」的方式。

然後，他們自己回去了，卻把這批後代留在地球上，使她們成為沙漠中的「白衣女妖」，一直經過了很久，才派了杜令來看她們。

這一連串的行為，善惡或許難分，可是絕不高尚，卻可以肯定。

白素自然也把一切想了一遍，她嘆了一聲：「用地球人的行為標準來看，確然不算是高尚——他三天之後再來，你準備怎樣答覆？」

我大聲道：「除非他肯把一切全都從實招來，不然，我決不伸手助他。」

白素沉默了片刻，又道：「真奇怪，他為什麼不去找勒曼醫院的人幫忙？」

我道：「他根本不相信任何人——他會來找我們，已經是蒙他看得起之至的事了。」

白素忽然壓低了聲音：「他需要的只是……兩個人的身體，勒曼醫院中有的是複製人，他隨便找兩個，借用他們的身體，不就可以了？」我聽了之後，心中也生出了一股極詭秘的感覺。杜令確然可以這樣做，他為什麼不那樣做，道理何在，我一時之間，也想不出來。

白素道：「或許是他一時之間想不到。三天之後他如果來了，你可以提醒他一下。」

我深深吸了一口氣，一時之間，思緒十分紊亂，作不出什麼決定來。

接下來的三天，杜令和金月亮並沒有出現，也沒有任何信息。胡說仍然來報告他用溫寶裕留下的錄音帶，欺瞞家人的情形。

有一次，他說：「今天好險，幾乎叫小寶的母親拆穿西洋鏡——兩方面的話接不上頭了，好在小寶另有一批全是笑聲的錄音帶，我連忙作混音播放，在一陣笑聲之中，總算混了過去。」

胡說的性格和溫寶裕大不相同。可是既然「誤交損友」，自然也只好跟着胡鬧。

而且，胡鬧也會傳染，他說了經過之後，也十分自得：「《鹿鼎記》裏的韋小寶，在遇到一時之間沒有對策的時候，就會利用一陣大笑把事情混過關，想不到原來真的十分有用。」

我瞪了他一眼，問：「小寶去了多久了？」

胡說的聲音變得低沉過來：「八天了，音訊全無。」

我冷笑一聲：「音訊全無，是意料中事，你總不能希望他在藍家峒一通電報來報平安。」

胡說的神情無可奈何，我道：「擔心也沒有用，他到苗疆去盤天梯，是真正的聽天由命。不過也算是偉大，古代才子唐伯虎為了秋香，賣身為奴，現代才子溫寶裕，為了藍絲，可以到苗疆去盤天梯。」

胡說一本正經：「別嘲笑他，換了……你和我，都會那樣做。」

我嘆了一聲，胡說的話自然有理，要不然，我怎會肯讓溫寶裕去涉險——我直到這時，想起了那十二個苗人，心中仍然不免犯膩，而溫寶裕卻把他們當作親人一樣，自然是由於他深愛藍絲的緣故了。

胡說走了之後，我以為三天的期限已到，杜令和金月亮一定會再出現，可是一直等到午夜，他們並沒有來。

第二天第三天第四天，他們仍然沒有出現，白素道：「我們太自信了，人家不是一定非要我們助力不可，也或許，他真的到勒曼醫院去找複製人了。」

杜令不再出現，雖然出乎意料之外，但總比不明不白，就把身體借給他用上幾分鐘好得多，何況整件事，對我來說，並沒有什麼損失，他不來就不來，我也沒法子去找他，只好作罷。

倒是這時，溫寶裕離開，已經十二天了。

他走的時候，說十天八天，說可以回來，那只怕是他自己的估計，沒有什麼根據。可是算起來，他也應該來了，不應該樂不思蜀的。

那天下午，胡說又來找我，天氣相當清涼，可是他卻兀自抹着汗：「最多再瞞一天，明天這小子再不出現的話，就瞞不過去了，他母親已經十分起疑，限令他就算再在澳洲住下去，可以當選澳洲總理，明天也非回來不可。怎麼辦？」

我苦笑：「怎麼辦？明天不必再打電話給她，讓她也去着急一下。」

胡說吸了一口氣，遲疑地問：「會不會有什麼意外？」

胡說壓低了聲音來問的這一句話，直問得我遍體生寒，呆了好一會，我才道：「可以有任何意外！」

胡說搓着手：「我們一點也沒有法子知道他的消息？唉，同在地球上，竟然還有音訊不通的地方。」

我沒好氣：「太多了。嗯，我找藍絲看，或許她可以有他的消息。」

要找藍絲，也不是容易的事，先利用電話，找到了在警局服務的陳耳警官——我和他，共同有過一段驚心動魄的經歷，然後，再千請萬託，要他找到藍絲。

陳耳答應了我，一有消息，立刻就和我聯絡。

我知道就算陳耳去找藍絲，也不是立時三刻可以找得到的，所以我勸胡說先回去。

晚上，白素和我商量，我道：「小寶如果沒特別的原因而不回來，真是該死之極，簡直是在出賣朋友……」

第二天發生的事相當多，中午時分，溫寶裕的父母找上門來，體重超越了一百公斤的溫太太在沙發上一坐，沙發幾乎沒有發出呻吟聲來，她只說了一句話：「我們家的小寶在哪裏？」

然後，她就坐着不動，也不說話，只是坐在那裏，大口地喘着氣。

她顯然是有備而來的，帶了一個傭人來，那個傭人，又準備了不少食物，大約每隔半小時，就供奉她一次，除了冰糖燕窩蜜棗雪蛤蜂蜜木瓜鮑魚薄片雞腿切絲豆干醬煮豆酥麻餅脆炸小魚等等鹹甜酸辣的小點，從不間斷，有需要加熱的，自然少不免侵佔廚房，弄得老蔡叫苦連天。

我真想大聲告訴她：「你們家的小寶，為了一個苗女，到苗疆去盤天梯去了。」而且，也願意詳細向她解釋，什麼叫作盤天梯，可是白素連連向我使眼色，不讓我說。

我心中叫苦不迭，試想想，客廳中坐了一個不斷在咀嚼進食的胖女人，就算我在樓上的書房中，不加理睬，又能做什麼事？

何況，在這樣一個胖女人的身邊，還有一個愁眉苦臉的男人。你一望向他，他就站起身來，向你點頭哈腰，像是願意為你做牛做馬，三世為奴，只求你把他的兒子還給他。

而且，由於溫寶裕和我的關係密切，大家都知道，要是我說不知道溫寶裕到什麼地方去了，也根本不會有人相信，想想溫寶裕嫌我多管閒事，如今他父母又採取這種方法來對付我，我真恨不得一拳把胖女人的鼻子打扁——其實不需要，她的鼻子已經陷進了滿臉的肥肉之中，不是很容易找得到了。

我曾大聲喝他們走，可是他們只是不出聲，好像非從我這裏把溫寶裕逼出來不可，擾攘了五六小時，倒霉的胡說撞了進來。

溫太太是認識胡說的，一見了他，又悶雷也似喝了一句：「我們家的小寶在哪裏？」

胡說一下子僵立在當地，囁嚅了一句：「在澳洲？」

溫先生苦笑：「總是在澳洲，可是他根本沒去過，騙我們的，澳洲的親戚朋友，沒有一個見過他，虧他還每天打電話來，說和三姨丈七姑媽在一起，又和表兄妹玩得十分開心，這孩子——」

溫先生的話，引發了溫太太的傷心，她忽然悲從中來，於是開始號哭。

她一開始哭，那是真正的天下大亂，世界末日了，我和白素，面面相覷，不知如何才好，我們全是一樣的心思：把這裏讓給她算了，我們離開，避難去。

可是偏偏就在這時，樓上書房的電話響了起來——若不是我有極靈敏的聽覺，根本無法在驚天動地的哭叫聲中，聽到電話聲。

我衝上樓去，進了書房，關上了書房門，可是由於我並沒有料到會有這樣的意外，所以隔音設備不是很完美，關上門，那一陣陣的嚎哭聲，仍然傳入耳中。一點也不誇張，我一拿起電話來，就聽到陳耳的聲音，他先埋怨：「怎麼那麼久才來聽電話？」

說了一句之後，他呆了幾秒鐘，才十分關切地問：「府上有了什麼意外？」

他這樣問，自然是由於聽到了嚎哭聲之故了！

我嘆了一聲：「有點小意外，怎麼樣，找到藍絲姑娘沒有？」

陳耳道：「沒有，可是我和她的師父，猜王降頭師在一起，他知道藍絲的下落。」

我還沒說「快請」，就聽到了猜王的聲音：「好久不見了，藍絲昨天回家去了。」

我呆了一呆：「昨天？回家？昨天才回家？」

一時之間，我心跳加劇，隱隱感到事情十分不妙。

猜王的聲音繼續傳來：「她是藍家峒來的，回藍家峒去了。」

我吸了一口氣，心念電轉：藍絲昨天才回藍家峒去，那麼，溫寶裕一直是在獨力應付那些苗人，並沒有得到藍絲的幫助。

第六部

杜令也要到苗疆去

我一時之間，思緒十分亂，竟然不知問什麼才好。倒是猜王在繼續道：「她說有要緊的事，必須回去一次。」

我忙問：「她沒說是什麼事？還有，你有沒有見到那姓溫的年輕人？」

猜王的聲音很響：「沒有見到，也不知道她回家去幹什麼。不過好像事情很嚴重，我從來未曾見到她那樣緊張過，是為了什麼？」

我嘆了一聲：「不是很清楚——請問，藍家峒的正確地點，你知道嗎？」

猜王道：「我不知道，只知道是在中泰緬三國國界的交匯處。」

我苦笑：「這三國的國界，從來也未曾有過確定。」

猜王道：「反正那地方，全是不服歸化的苗人，確不確定都一樣。」

我沒有什麼再好問的了，只好道：「一有藍絲姑娘的消息，就請她和我聯絡。」

猜王降頭師也十分擔心：「她會有意外？」

我苦笑：「不知道。」

在這樣說了之後，我心中陡然一動，問：「降頭術之中，是不是有什麼奇特的方法，使人可以知道事情的真相，看到……想看到的情景？」

猜王呆了一呆：「我不明白你的意思。」

我解釋着：「像中國的異術之中，就有一種叫『玄光術』，利用一面鏡子，或是一盆水，看到遠處的情景。」

猜王又呆了一會，才道：「降頭術之中，沒有這種異術，通常，我們看遠處的情景，都利用電視機。」

我嘆了一聲：「真幽默——有消息請隨時和我聯絡，謝謝你。」

猜王也說了幾句客氣話，我放下了電話之後，發着怔，只覺得掌心冒着汗——可以肯定的是，溫寶裕一定發生了不尋常的意外。

我打開書房門，向在樓下的白素招了招手，白素以極快的速度奔上來，一看到白素離開，溫太太的號叫聲，更是驚天地泣鬼神，胡說在一旁，正嘗試用手去掩住她的口，可是卻叫她狠狠地咬了一口，痛得胡說摔手不迭。

這種亂七八糟的情形，都在白素奔上來的那一剎間發生，等到書房門又關上，我和白素面對面站定，白素用手輕拍心口，表示驚悸——要令白素有這種動作，絕不簡單，而溫太太的嚎哭，居然可以達到這個目的，可知她嚎哭的聲勢，實在有過人之處。

後來，溫寶裕這小子對良辰美景胡說他們說起來，這樣說：「那算什麼，古代孟姜女，曾把長城也哭坍過，我母親哭壞了衛斯理家中的什麼沒有？」

一提起這件事，仍然不免面色大變的胡說道：「這倒沒有聽說。」

溫寶裕一拍大腿：「這就是了，我媽媽的嚎哭，在人類歷史上，至多只能排名第二。」

良辰美景不服：「孟姜女哭倒長城，只是傳說，怎麼可以作準？」

溫寶裕一翻眼：「你們懂得什麼，哭聲是一種音波，任何物質，都有一個音波上的破碎點，如果哭聲的頻率，恰好與之相同，別說是長城，就算是一座核電廠，也照樣可以哭倒了，這正是音波毀滅性武器的理論根據。」

溫寶裕這一輪急攻，替他母親開脫，說得良辰美景啞口無言。

這一切，都在我面前發生，當時我的想法是：溫寶裕還是很有道理的，他善於把許多沒相干的事，運用想像力聯繫起來。而在聯繫的過程之中，對本來不明究竟的事，也就產生了新的理解。

當然，這一切全是後話，當時，人人為了溫寶裕下落不明而焦急萬分，以後會發生的事，根本沒有人可以知道一絲半毫。

我把和陳耳、猜王通話的結果，向白素迅速地說了一遍，白素的眉心打着結，一時之間，也沒有什麼妥善的方法，而下面的嚎哭聲，又不斷傳了上來，令人心煩意亂，至於極點。

我忽然之間，起了一個頑皮的念頭，伸手向窗口指了一指，我的意思是：我們不如跳窗逃走算了。

白素當然會明白我的意思，令我想不到的是，白素竟然立即表示同意，而且，先我一步，來到了窗前，把窗子打開，立即跨出了窗子。

我跟在她的身後，兩個人出了窗子之後，沿着排水管，一直向下攀去——我和白素竟然這樣狼狽地落荒而逃，溫太太的號叫威力，也可想而知。

更令得我們狼狽的情景，接着又發生了。在我們兩人，動作一致，鬆開了手。一聳身，躍向地上之際，卻發現有一男一女兩人，正以驚訝莫名的神情，望定了我們。他們顯然已看了很久，從我們一爬出窗子時，他們就已經看到了。

而他們的神情如此驚訝，自然是絕對無法明白我們為什麼要從自己的住所的窗子中爬下來。

這一男一女，正是杜令和金月亮。

我們兩人落地之後，和他們的距離相當近，互相對望着。尤其是杜令，神情驚疑莫名，顯然我們的行為，又令得他迷惑之至，以為那又是地球人不能令他理解的一面。

我先開口，在苦笑了一下之後，我道：「兩位不必奇怪，進去看看，就可以明白。」

杜令忙道：「一定要，一定要。」

他說着，伸手搔着頭。既然遇上了他們，自然只好再進屋子去，而當我們四人，走進去的時候，正在號叫的溫太太，也陡地停止了哭聲——由於她是真的傷心嚎哭，所以陡然停止之後，還不斷的抽啜着。

她盯着金月亮看，神情之中，充滿敵意，和溫先生一見金月亮之後，竟然有一剎間的不再愁眉苦臉，大不相同，但原因則一，都是由於金月亮出眾的美麗。

忽然之間，溫太太轉過頭來，用極其嚴厲的目光，瞪了她丈夫一眼，把正望着金月亮出神的溫先生，嚇得連忙低下頭去。

可是，溫先生剛才那種神態，還是落到了溫太太的眼中，所以她也勃然大怒，口出惡言：「什麼閒雜人等，都跑來了。」

我「哈哈」一笑：「這是我的屋子，對我來說，最閒雜的人就是你。」

我在這樣說的時候，伸手直指着她，態度十分之不客氣，而白素並沒有阻止我，顯然她也認為這個胖女人非這樣對付不可。

溫太太在剎那之間，像是想站起來，可是她的體重，限制了她動作的靈活性，所以她只是動了一動，並不理我，伸手指了指杜令：「你是什麼人？」

我大聲道：「他是什麼人，就算你減一半的肥，也弄不明白，他整個人是由一組密碼拼湊出來的，你能想像這種用數碼拼出來的生命嗎？」

溫太太雖然十分努力在聽我的話，可是她當然聽不懂。這令得她靜了大約三十秒，接着，她又大聲嚎哭了起來，一面哭一面叫：「我不管你們這些亂七八糟的人是拚出來的還是砌出來的，我要你們把我家的小寶交出來。」

我本來想回她一句「你什麼時候把你們家的小寶交給我的」，但是隨即知道，如果我和她爭辯起來，會無休無止。而且，衛斯理豈能淪落到了和婦人爭辯的地步？

所以，我只是冷笑了一聲，同時，我準備請杜令和金月亮到書房去——那裏隔音設備雖然不算很好，未能全部阻絕噪音，但總比面對着溫太太好得多了。

我望向杜令，向他作了一個手勢，他立時會意，我轉身上樓，把白素也拉了上去。等到我們四個人，進了書房，又關好了房門之後，杜令說了一句話，實實在在，叫我啼笑皆非。

他竟然這樣說：「衛斯理，你真的交遊廣闊，和各個星體上的人，都有來往。」

他把溫太太當作異星人了。

我實在想笑，可是又笑不出來。只是嘆了一聲：「你錯了，她是地球人，不折不扣的地球人。」

杜令還是一副不相信的神情，我伸手在他的肩頭上拍下拍：「忘記了？地球人每一個都有他自身的生命密碼，每一個人都和別人不同，你研究地球人，顯然不是很夠資格，還得好好下工夫。」

杜令仍然搖着頭，喃喃地道：「怎麼可能呢？她甚至連外型……也不同。」

白素搖頭：「她本來是一個很美麗的女人，只不過由於體內的脂肪積聚過多，所以才變成這樣子。」

杜令一揮手：「對！人體內的脂肪細胞，十分狡猾，為了無限止的發展，脂肪細胞會向大腦發出假信號，製造飢餓的感覺，不斷進食，以便它們擴充。」

他說了之後，忽然又笑了起來：「其實，只要稍為變動一下密碼，就可以達到目的。」

我冷笑：「有點意志力就好了！」

杜令道：「改變密碼，正是為了使她產生意志力。」

我沒有興趣在這個問題上討論下去，單刀直入地問他：「隔了那麼多天，你應該對我的為人十分清楚了，你有了什麼決定。」

杜令的回答，也乾脆之至：「我決定不借用你們的身體，而把操作的方法告訴你們，請你們操作。」

我和白素都呼了一口氣，表示滿意。這時候，金月亮緊抱着杜令，花容失色，神情十分驚恐，杜令則在安慰她：「別擔心，他們一定會做得極好。」

我感到他們是在做戲，可是白素的心地好，她問：「是不是操作的手續十分複雜，怕我們會出錯，而誤了大事？」

金月亮連連點頭：「是，只要有一點差錯，那……我就完了……我就再也不能和他在一起，不知道會落到什麼可怕的境地之中。」

白素用十分誠懇的聲音安慰她：「不可能出錯的，只要我學會了，就不會出錯，請你相信我。」

金月亮的神情，倒說明她心中真的十分惶急，白素在那樣說了之後，她無可奈何地嘆了一聲，把杜令摟得更緊了一些。

我看不過眼，悶哼了一聲：「我相信，由她去做，比你借用她的身體去做，更保險得多，她的智力，至少是你的十倍。」

金月亮聽我說得那麼嚴厲，這才嘟着嘴，不再出聲。

杜令道：「無論如何，兩位都必須和我們一起，到一處地方。」

我問：「在哪裏？」

杜令說了一個經緯度——用經緯度來表示地球上的某一處地方，是十分簡單而又精確的方法。我一聽了他說出來的那個經緯度，就呆了一呆，和白素互望了一眼。

我書房中有一隻相當大的地球儀，白素立時，輕輕地轉動了它一下。

在聽到那個經緯度之前，我以為我們要去的地方，會是沙漠，那團「白衣女妖」居住的地方。

可是，杜令所說的那個經緯度，顯然不是中亞沙漠的所在地，雖然一聽了數字，我和白素，也還不能就一下子知道那是什麼所在，但總有一個概念，剎那之間，我們的心頭，都有一種十分怪異的感覺。

等到白素轉動地球儀，我將它按停，我們很快就找到了那個所在。

剎那之間，我和白素的神情，更是怪異莫名。

杜令顯然覺察到了這一點，他遲疑了一下：「我習慣了用經緯度來稱呼一個正確的地點，地球上的國家、地名等等，對我來說，沒有意義。」

他這樣解釋了之後，我和白素仍然互望着，神情仍然怪異莫名。

這一來，連金月亮也看出事情不對頭了，她和杜令異口同聲問：「有什麼不對？」

我和白素這才如夢乍醒，連聲道：「沒有事，沒有事，嗯……不關你們事，只是有些事，太巧了。」

我只能對他們說事情太巧了，無法作進一步的解釋，因為要作進一步的解釋，實在太複雜了。

杜令所說出來的那個經緯度，兩個數字的交叉點，在地球上的位置，正好是在中、泰、緬三國交界處的苗疆，也就是藍家峒的所在地，溫寶裕正在生死未卜、吉凶難料盤天梯的地方。

這不是太巧了嗎？當然也無法三言兩語就向杜令解釋得清楚，我和白素心頭的駭異，也不是沒有來由的！

我悶哼了一聲：「你們的基地在這個地方？為什麼要設立在那個地方？」

杜令聳了聳肩：「沒有特別的意思，在地球上任何一處，都是一樣的——怎麼，那地方……有不妥？」

我吸了一口氣：「是很特別，那地方崇山峻嶺，窮山惡水，和現代文明，幾乎完全隔絕，是蠻荒之地，又稱為苗疆。」

杜令對於苗疆是一個什麼樣的所在，一點概念也沒有，他道：「那只是地球上的一個所在。」

白素覺得十分奇怪：「說起來很不通，那些白衣女人的記憶組，全在沙漠，那一批早已離開的，你的同類，應該也是在沙漠離開的。所有的設置，應該在沙漠，不應該在苗疆——兩個地方相去太遠了。」

杜令無可奈何地笑了一下：「兩位真會尋根究柢，不過你們不問，我也會說，設置一直在……苗疆，那批人回去的時候，需要白衣女人作最後的操作，把她們帶到苗疆去進行。」

我不禁駭然：「從苗疆到沙漠，萬里迢迢，她們如何能回到沙漠去？」

我自覺這個疑問，問得十分有理，可是杜令卻以十分古怪的眼光望着我：「那很容易，在她們的記憶之中，輸入她們對歸途的記憶就行了——別說她們是人，有高度的智慧，許多魚和鳥，甚至昆蟲，也可以憑遺傳生命密碼所給的記憶，飛翔遷徙萬里，絕不會迷途。」

杜令的這一番話，自然令我再也無話可說，白素知道我的心意，伸手過來，和我握了一握，我們兩人的手都有點涼：輸入記憶，通過這種方法，杜令和他的同類，等於有了指揮任何人做任何事的本領。

事實上，有杜令這個人在地球上活動，就是靠這個本領——他不斷向勒曼醫院的一個醫生輸入記憶，用生命密碼，用一組數字，拼出了他這個生命來！

杜令相當關切地問：「有問題？」

我想了一想：「沒有問題，在旅途中，還可以告訴你們一個故事，和如今正在搶天呼地號叫的胖女人有關。」

杜令又伸手搔搔頭，因為地球上的事，實在太頭痛了，令得他愈深入研究，愈是弄不清楚。

我試探着問：「你可有特別的交通工具？」

杜令遲疑了一下，才道：「我改裝了一架直升機，性能自然十分好，雖然很小，但是也可以坐得下我們四個人，直升機在格陵蘭！」

我想了一想：「用最快的方法，把直升機運到距目的地最近的機場去，我們這就出發！」

杜令道：「可以，這可以交給我們的同事辦。」

我知道他指的是勒曼醫院的同事，我趁機提出了疑問：「你為什麼寧願找我們，而不去找同事？」

杜令搖了搖頭：「他們不知道我的真正身分，我又不想太多人知道。」

理由就是那麼簡單——在很多情形之下，愈是簡單的理由，愈是叫人想不透。

我們找來了詳細的地圖，找出了距離目的地最近的一個機場，雖然說最近，也還有兩百多公里，而且全是窮山惡水，蠻荒之地，如果杜令改裝過的直升機性能夠好的話，那自然不成問題。

我們決定一起前去，我和白素到了客廳，對溫太太道：「你別哭了，我們盡快出發，到小寶去的地方去。」

胡說立時歡呼起來：「那太好了！」

溫太太這一次，站了起來，抹着眼淚鼻涕：「我也去，我去找小寶。」

我早料到她有此要求，所以也早就想好了對付的方法，我說的是：「對不起，你不能去，我們要使用一種特殊的交通工具，這種交通工具艙內的壓力很高，你會受不住，體內的脂肪層會迸裂。」

我一口氣說下來，說得溫太太不住眨眼，也無法分辨我的話究竟是真是假，我已經向在廚房門口，呆立了好一會的老蔡大聲道：「我們有急事出遠門，這兩位客人，如果喜歡這裏，不肯走的話——」

老蔡不等我講完，就大聲回答：「我知道，我不會坐以待斃，我會逃難。」

我「哈哈」一笑，連收拾行李都不用，好在我和白素，都是說走就走的人，能不面對溫太太十分之一秒，都是好的，誰還想久留？

在我們奪門而出之際，溫太太多半是從我唬弄她的那番話中，醒了過來，她又高叫了幾句，可是我們已經轉過街角，聽不清楚了。

當時，在我一知道了杜令要我們去的地方，竟然是苗疆之際，我想的是：自然那地點不會正是藍家峒，但是正在藍家峒所在的三國邊界。到了那裏之後，順便打探一下，應該可以知道藍家峒的所在。

那麼，順便可以到藍家峒去一次，溫寶裕要是已經離開了，自然沒事。若是他在那邊有什麼困難，可以幫他，若是他在苗峒不思文明，那麼，也至少可以向他的父母，報一個平安。

只要杜令的直升機性能夠好，我這樣的想法，應該可以實現。

當我們一起前往離目的地最近的機場途中，我把為什麼一聽到那個經緯度，就十分驚異的原因，告訴了杜令和金月亮。

金月亮這個沙漠美女，雖然有了不少現代知識，可是苗疆、降頭、蠱術、十二天官、盤天梯，等等全是在她知識範圍之外的事，聽得她目瞪口呆，有不明白處，想問都不知如何問起才好，因為一切對她，都太生疏了。

別說金月亮，連自以為對地球已有相當研究的杜令，也嘖嘖稱奇，一開始，幾乎不相信我說的是實話。

等他多少弄清楚一些來龍去脈之後，也不禁稱奇：「真是太巧了！你的小朋友如果就在那一帶，應該不會難找，在我們回去之後，你可以使用那直升機。」

杜令的提議相當好，事情到這時為止，都相當順利。那機場的所在地，是一個中等的城市，想不到的是，運直升機來，竟耽了三天。

這三天，金月亮和杜令，只怕覺得和三分鐘差不多，兩個人好得蜜裏調油。我和白素，每次和胡說通電話，都說溫寶裕還沒有消息，和陳耳聯絡，也沒有藍絲的消息。

陳耳在第二天傍晚，帶着猜王，一起趕來了。

猜王一到我們下榻的酒店，杜令和金月亮正好在我們的房間內閒談。

一般來說，見到了他們兩人，誰都會為金月亮的美麗發一陣呆，可是矮胖的猜王降頭師，只是隨便向金月亮看了一眼，就目不轉睛地打量着杜令，杜令也以十分訝異的神情，望着猜王。

兩人互望了足有兩分鐘之久，這是十分尷尬的一種場面，我真怕他們會起衝突！

然後，他們兩人，同時伸手一指對方，不約而同說了同一句話：「你真古怪。」

我在第一次見杜令的時候，就覺得他古怪！

第七部

一個大疑點

我雖然覺得杜令古怪，卻說不出他古怪在什麼地方。猜王是降頭師，感覺比我靈敏得多，他一定有比我更強烈的感覺，可是也一樣說不出所以然來。

同樣的，杜令一定也感到了猜王有十分特別之處，可是他也說不出所以然來，兩人才都如此說法的。

兩人在這樣說了之後，各自一笑，像是都不想再深究下去。

由於我曾和陳耳提起過，我想到藍家峒去，所以陳耳竟帶了一份極其珍罕的苗疆地圖來，自然，也簡陋之至，他攤開地圖，指着一處：「藍家峒應該就在這裏，幾乎所有苗峒，都有十分隱秘的通道出入，外人絕無法知道，這才能達到與世隔絕的目的。」

我問猜王：「藍絲姑娘可曾提起過藍家峒附近，有什麼獨特的地理特徵？」

猜王道：「瀑布，她提及過瀑布，和這道瀑布形成的河流，她就是在這條河上飄流，被人發現的。」

我不禁苦笑，在崇山峻嶺之中，瀑布和河流，是最多的景象，根本不能算是特徵。

陳耳看出了我失望的神情，他補充道：「有一個十分重要的線索，必須經過一段十分湍急的河流，才能到達藍家峒，隱秘之至。」

我知道出入藍家峒的通道，必然隱秘，不然，當年軍隊追捕十二天官，十二天官躲進了藍家峒，軍隊也不會找不到他們。

不過，我倒不擔心這一點，我道：「我們有性能十分好的直升機，可以自天而降。」

陳耳望着我，一副不以為然的神色，可是又說不出什麼，我拍着他的肩頭：「我知道，那些地方窮山惡水，毒蛇猛獸，瘴氣瀰漫，環境險惡到了螞蟻也會咬死人，不過我們都可以應付。」

陳耳嘆了一聲：「我本來想勸你們，如果可以不去的話，還是不要去的好，看來也不必開口了。」

我做了一個抱歉的手勢，陳耳果然也不再言語。

在接下來的時間中，猜王對杜令的興趣始終不減，一直在盯着他看。我試探着問：「大師，你覺得這青年人有什麼古怪？」

猜王瞇着眼，緩緩搖了搖頭：「說不出來，這人有着異乎尋常的精力，我只聽說過有一個少女有這樣的精力——這個少女後來被一個大巫師發現，成了女巫之王，後來，才知道那少女的出身十分古怪，好像說，是從不知道什麼實驗室中製造出來的。」

猜王說到這裏，杜令勉強還可以維持自若的神色，可是金月亮已聽得不由自主，駭然地伸了伸舌頭：因為猜王所說的，和杜令的情形已相當接近了。

猜王並沒有留意金月亮的反應，他只是自顧自地說着：「有你這樣精力的人，要學降頭術，比普通人容易得多，如果你肯學，我可以收你為徒。」

猜王這樣提議，杜令聽了，竟然大有興趣，一副躍躍欲試的神情——他在地球上，以研究地球人的行為為己任，而「降頭」這種地球人的行為，他一無所知，自然想要趁機了解一番，能拜猜王為師，自然是最好的機會。

可是，他還沒有開口，金月亮就雙手捧住了他的臉，把他的頭轉了過來，對準了她。

杜令自然立刻就明白了金月亮的意思，他勉力轉過眼來，望向猜王：「要多久？」

猜王道：「以你的資質，一年可以有成。」

金月亮陡然叫了起來：「一天也不成。」

杜令望向金月亮，神情帶着哀求，可是金月亮的神情，十分堅決，兩人對望了約莫一分鐘。我和白素，早已見慣了他們的這種神情，並不以為怪，可是猜王和陳耳，卻看得欣賞之至，最後勝利自然屬於金月亮，杜令長嘆一聲，猜王在一旁，想助他一臂之力：「錯過了這次機會，你再也沒有機會接觸降頭術了。」

金月亮嗔道：「沒有就沒有，我們趕着回去，不想耽擱時間。」

金月亮一下子說漏了口，猜王大奇：「回去？回哪裏去？你們是苗人？」

金月亮又吐了吐舌頭，我連忙打圓場：「大師，事情說來，十分複雜，有機會，我再向你詳細說。」

猜王又盯着杜令看了半晌，我又趁機問杜令：「你看猜王大師和普通人有什麼不同？」

杜令立時道：「太不同了，他的生物電強得驚人——我從來也不知道人的生物電可以強烈到這種地步。」

猜王不滿意：「什麼生物電生物雷，那是我對降頭術的修煉道行。」

我曾經見過降頭師的鬥法，也見過降頭師在施術的時候，會影響最先進的探測儀表，知道猜王的說法，和杜令的說法，實際上是一樣的——通過一種方法，使人體的潛能，得到異乎尋常的發揮，就會能人所不能，那就是巫術和降頭術。

看杜令的樣子，真想拜在猜王的門下，以進一步了解地球人的生命秘奧，可是又拗不過美人兒的意思，所以只好長嗟短嘆，人生本來就不能每方面都滿足的，連他這個異星人，都不能例外。

後來，杜令對我又說起猜王和降頭術來，他的說法很怪，是一個外星人的觀點，但是也很有道理，他說：「地球人真怪，照我看，所有大學、研究所班中對人體的研究所獲得的知識，加起來，還不如猜王大師一個人的多，可是猜王卻是一個降頭師。」

他又補充：「像猜王那樣，才懂得在實際上，把人體的力量盡量發揮，可是他卻沒有理論，所以才不被重視。地球人喜歡理論重於實際，所以進步的過程，會反覆曲折，真是可惜。」

杜令的見解，我不置可否，他是外星人，旁觀者清，或許也有些道理。

猜王和陳耳逗留了一晚，在第二天，直升機運到之後，告辭離去。我們一起到機場，一架中型的運輸機，運來了杜令的直升機。

杜令一到，就指揮着工人把機翼安裝上去，直升機的機身不大，看來唯一的特別之處，是整個機身，竟然是密封的，連一個窗子都沒有。

我和白素都十分疑惑，杜令正在忙着，也不便去問他，想不到金月亮這個唐朝的沙漠美女，反倒向我們解釋起來——當然是杜令教她的。

她道：「機艙裏有十分精密的探測設備，有導航的熒光屏，憑儀器探測的結果，比肉眼所見的判斷，可靠得多，這是他說的。」

她說着，美目流盼，又看了杜令一眼，有着無限的甜蜜。我知道，杜令所謂「經過了改裝」，一定是盡可能利用了地球上的資源，加以他先進的科學知識，使這架直升機，變得極其出類拔萃，不知道有多少不可思議的性能在？

白素和我，都在這時，起了同一個念頭：在杜令回去之後，這架直升機自然是留在地球上，那是十分有用的一件工具。

白素問：「它的動力來源是什麼？」

金月亮道：「是汽油，可是動力機器也經過改裝，他說，地球人消耗能源的方法十分落後，大部分都是浪費掉的，經過他改裝之後，一公升汽油，可以發揮一百公升的作用，這些，我根本不懂，也全是他說的。」

她不必一再說明，我也可以知道一個唐朝的沙漠遊牧民族中的人，不會懂這些的。我有點沒好氣地道：「你生活的那個沙漠，叫『塔克拉瑪干』，那是什麼意思，你自然不必他告訴你了。」

金月亮笑靨如花：「那自然，我當然懂，那意思是『進去出不來』，真的，進了沙漠，就算能出來，也九死一生了，只有我們生活在沙漠中的人，才摸得清沙漠的喜怒哀樂，可以在沙漠中生存。」

她用的詞彙十分奇特，竟然把沙漠和「喜怒哀樂」聯在一起，聽得我先是一怔，繼而才想到，裘思慶的駝隊，在沙漠之中，遇上了那麼可怕的風暴，不是恰好遇上了沙漠之怒嗎？

大約花了三小時，杜令的工作已經完成，他抹着手，向我們走了過來：「可以起程了——你們談得很愉快？」

白素笑道：「你很幸運，你一定是你們星體上最幸運的人。」

杜令笑得十分歡暢，和金月亮互望着，一副心滿意足的樣子。

我們進了機艙，機艙中有四個相當擠迫的座位，杜令示意他和我坐在駕駛控制台的前排位置，同時，向金月亮發出歉意的一笑。

我坐了下來之後，約略看了一下那些儀表和控制鈕，就不禁嘆了一口氣：這哪裏是一架直升機，簡直是一個太空囊。

杜令先按下了一個掣，前面六幅熒光屏就亮了起來，現出前、後、左、右、上、下的情景——那確然比用肉眼判斷好得多了。

杜令又向我解釋着一些性能，他道：「由於動力部分經過改造，它的續航力是一百二十小時，速度達到每小時兩百公里。」

我在起飛之前提出要求：「我將多注意下面的情形，因為我要尋找藍家峒的所在。」

杜令做了一個「沒有問題」的手勢，機身略一晃動，在軋軋的機翼轉動聲之中，直升機已然起飛，不到十秒鐘，已經到了兩百公尺的高度。

杜令又在飛行方向上，把經緯度固定，一下子就可以看出，我們距離目的地的直線距離，是兩百三十七公里，也就是說，不到兩小時，就可以到達了。

金月亮十分興奮，她坐在杜令的後面，不斷用手去捧杜令的頭，或是撫摸他的面頰，熱情如火。

我有時候，實在覺得她太過分，就警告杜令：「小心駕駛。」

杜令只是「咕咕」地笑，用一句新文藝的筆法來形容，可以稱之為「看來十足是一隻幸福的小鴿子」——至於小鴿子為什麼會幸福，可以不理。

從起飛之後不多久，就顯示下方，全是連綿不絕的山嶺。那六幅熒光屏，可以調節，這時，除了下方之外，已沒有必要注意其他方向的情形，所以集中在下方的情形，而且，可以隨便縮短距離。

直升機在大約五千公尺高空飛行，杜令的解釋是：「這架直升機，有抗雷達探測的設施，最近，這種技術已被運用在大型的轟炸機上。」

我和白素都吸了一口氣，沒有說什麼，的確，能避開雷達探測的新技術，才被運用，那種轟炸機，被稱為隱形轟炸機，是最新的軍事科學。可是杜令卻輕而易舉地應用在他的直升機上。

杜令又道：「本來可以不必飛得那麼高，可是這一帶既然是幾個國家的邊界，對飛行物體就十分敏感，可以不驚動地面的駐守軍隊，就不必驚動了，反正要看地面上的情形，十分容易。」

他已經教會了我很多儀器使用的步驟。確如他所言，這時我們要觀察地面的情形，十分容易，在調整焦距這過程之中，我們可以在熒光屏上，看到一條蜿蜒在山間的小路上，有幾個人揹負着柴枝在行進，雖然看不清他們的臉面，可是也可以從他們的服飾之中，分辨出男女來。

本來，我想告訴杜令，在這樣的邊界，全是人迹難到的山區，除了土著之外，多半不會有什麼駐軍，可以不必如此小心。可是一轉念間，想到杜令可能不止來過一次，或許他有經驗也說不定，所以就沒有說什麼，只是改口道：「這直升機的性能好極了。」

杜令笑了一下：「還有許多可以有的裝備，由於在地球上找不到原料，所以沒有，不過也夠用了。我們回去之後，這直升機送給你們——不過要注意，別給不相干的人看到，尤其是軍事間諜，不然，只怕你再無寧日。」

我吸了一口氣，杜令的話，自然大有道理。

說話之間，直升機一直以相當高的速度向前飛，看下面的情形，山勢愈來愈險惡，可以看到那些森林，幾乎密得連獐子也通不過去，這一帶是接近熱帶的雨林，植物生長，十分茂密，若是沒有這直升機，要在林中披荊斬棘前進，只怕一天也前進不了一公里。

直升機上顯然有着相當完整的電腦指揮的電子設備，離目的距離，有數字顯示，等到只有十公里時，看到下面有一個山谷，由幾條河流，匯成了一個湖泊，在湖泊的旁邊，是許多竹子搭成的屋子，這些屋子都搭建在巨大的竹架之上，那是標準的苗寨建築。

也可以看到，有不少人在屋子附近的空地上活動，自然那是一個具相當規模的苗寨。

再向前去，又發現了許多在崇山峻嶺之中的苗寨，規模有大有小，從上面鳥瞰，自然看得清楚，若是在地面上，只怕在山中打轉，轉上一個月，也難以發現一個。

金月亮十分有興趣：「哪一個是藍家峒？那腿上有刺青的小苗女十分美麗？」

金月亮的女人心態，倒是十分一致，自己是個美女，總會想和所有的美女比較一下。白素道：「在送你們回去之後，我們會在這一帶打轉，反正這直升機的續航能力十分強，我們看到有苗寨，就停下去問一問，總可以找到藍家峒的，你是不是有興趣和我們一起找？」

金月亮嚇了一大跳，十分認真地道：「不！不！我心急去看看他的家鄉，究竟是怎樣的。」

金月亮的話才出口，杜令就沉聲叫：「到了。」

他按動了幾枚鈕掣，一幅熒光屏上，有經緯度的交叉點，那是一幅石坪，在峭壁之上，那峭壁究竟有多高，也無法知道，只看到峭壁之下，雲霧繚繞。

而石坪只是在那座峭壁的中間，石坪之上，仍然是拔天而起的峭壁，形勢險惡之極，經緯度的交叉點，恰好是在略呈圓形的石坪的中心部分。

同時，熒光屏的下方，也已現出了一連串的數字——石坪的面積是一千二百三十四平方公尺，石坪的高度。是海拔兩千六百二十公尺，石坪上的風速，這時是每秒六點七公尺……

這一連串立即顯示的數字，說明這直升機的設備之好，簡直超乎想像之外。

直升機幾乎是垂直下降的，一下子就停到了石坪的中間，艙門打開，我們四人，一起離開了直升機，站到了那石坪之上。

我不知杜令這個外星人和金月亮這個唐朝再生人有什麼感覺，我和白素的感覺是一樣的，我們自然而然，緊握着手，屏住了氣息，好一會，才吁出一口氣來。

景色實在太離奇了！

在我們仰頭可以看到的峭壁上，也有雲帶繚繞，那座峭壁，只怕也超過一千公尺，並不是光禿的峭壁，而是長滿了大樹和藤蔓，有一群猿猴，在騰來躍去。

天風蕩蕩，吹上身來，令人心曠神怡，極目看去，山巒起伏，有的陷在一片雲海之中，只露出一個峰尖，有的天色清朗，整座山峰呈現眼前，還可以看到山峰下閃光的河水。

身歷其境，所得的感覺，和在熒光屏上所見，又大不相同，氣魄磅礡，無可比擬，顯得人渺小之極，在這樣的境地之中，如果忽然看到有幾個神仙，或御風，或駕雲，冉冉而來，一定不會驚奇，因為這裏本來就是神仙的境界！

我們貪婪地欣賞着，過了好久，才聽得金月亮叫了一句：「這裏的景色真……好看。」

杜令這外星人，無恥之極，他居然不怕肉麻地拍金月亮的馬屁：「我倒覺得你的家鄉，那一大片沙漠，更加驚心動魄！」

我和白素相視而笑，當你喜歡一個人的時候，連他的一切缺點，都是好的，杜令外星人先生的心態，這時，就是這樣。

這時，我很有些感慨：「你看這裏的景色，別說地球小，它有沙漠，有大海，也有山巒，變化無窮，實在是一個很可愛的星球！」

我在感慨，白素大有同感地點頭，我們全是地球人，對地球自然有深厚的感情。杜令卻又趁機道：「當然，正因為地球這樣美麗，所以才會有那樣的美女。」

聽他講的話，像是把白素也包括在內，可是看他的神情，目光只在金月亮的身上打轉。我忽然又想起，地球雖然美麗，可是地球人的歷史和行為，卻殊不美麗，心中又不禁長嘆一聲——環境很容易影響人的思緒，這時由於我在這樣奇特的環境之中，所以思潮起伏，無法控制。

杜令伸手向那座峭壁一指：「在那裏！」

這時，正是正午時分，陽光普照，略有一層薄霧，天色十分明媚，那峭壁上的林木和藤蔓，以及不知什麼名堂的山花，把整座峭壁點綴得色彩繽紛，十分絢麗。我由中地道：「你的同類真會選擇，找了這樣一個風景絕佳的好所在！」

杜令笑了起來：「只怕是他們在上空，剛好探測到這個平整的石坪，可供飛行工具降落之用，所以才選擇了這裏的！」

杜令的回答，本來十分合理，可是我聽了之後，一下子就覺得事情有說不出來的不對勁，簡直是大大地不對勁，可是一時之間，又不能立刻感到破綻是在什麼地方——更令我吃驚的是，白素顯然和我有同樣的感覺，這一點，我可以在她的神態上肯定，就像她知道我正在想什麼一樣。

我們互望了一眼，都沒有說什麼，杜令並沒有感到他的話，已引起了我們有十分難以明白的想法，他仍然指着峭壁：「請跟我來！」

我一面仍然在迅速轉着念，一面慢聲應道：「據我所知，至少有三個以上的外星人基地是在山洞之中的，其中有一個，甚至在海底的一個大岩洞之中。」

杜令隨口應道：「利用大山洞作基地最現成，外星人來到地球，難道還大興土木嗎？自然以不引起地球人的注意為上！」

他這樣說了之後，我還沒有聯想到什麼，可是他卻補充了一句：「而且，外星人來得早，要造建築物，也沒有這個建造水平！」

他這句補充，陡然之間，使我捕捉到了一些什麼。這時，他走在前面，金月亮自然在他的身邊，我和白素並肩跟在後面。

我們距離峭壁，大約有六七十公尺。

白素先道：「地球人有很高的建築能力，中國的秦始皇宮，埃及的金字塔，都是例證。」

杜令發出了不置可否的「嘿」地一下聲響，就在那一剎間，我豁然開朗，想到了不對勁在什麼地方了，我立時道：「你剛才提及你的同類，選擇這裏作為基地，多半是由於這個石坪適宜飛行工具的降落，請問，他們的飛行工具是從哪裏來的？那時，必然沒有一架直升機，可以供他們作改裝之用！」

一聽得我發出了這樣的一個問題，杜令停了下來，過了一會，才轉過身來：「有沒有可供改裝，都不成問題，他們可以就在地球上提煉金屬，自己製造一架——我一個人，如果不是為了貪方便的話，也有這個能力！」

我和白素握着手，兩人都感到對方的手心有點冷，因為我們下一個問題，會令得杜令相當難以回答。這個問題，白素搶先一步，提了出來：「你的記憶來到了地球，可以影響勒曼醫院的一個醫生，替你製造一個身體，你的同類來的時候，必然沒有勒曼醫院，難道他們也可以建造一個勒曼醫院？」

白素的問題才問到一半，杜令的面色就變了一變。

第八部

地球人為什麼不會**拚命**？

金月亮並不知道我們的問題有什麼嚴重性，只是笑着，偎在杜令的身邊。

杜令先吞了一口口水，才道：「是的，他們採取了一個十分直接的方法，『借用』了地球人的身體。」

他在作了這樣直接的回答之後，我們之間，有一個短暫時間的沉默。

然後，我才一字一頓地道：「那一次來了多少人？六十多個？那也就是說，你的同類，上一次來到地球的時候，殺了六十多個地球人。」

杜令笑了一下，令到我生氣的是，他的笑容，在我這樣嚴厲的指摘之下，竟然顯得十分輕佻。他點頭：「可以這樣說，那六十幾個人的身體被借用，他們原來的生命，自然不能得到保留。」

我和白素，同時發出了一下極其不滿的悶哼聲，杜令長嘆一聲：「有必要在這種小事上糾纏不清嗎？」

我厲聲道：「十分有必要，那也不是小事。」

白素沒有我那麼激動，可是她也道：「外星人攫取了地球人的生命。」

杜令望着我們，看來他也明白了這個問題我們看得十分重，可是他的神情，還是令我們生氣——他竟然聳了聳肩；一般來說，人只有在表示事情沒有什麼大不了時，才有這樣的動作。

我指着他，進一步指摘：「說他們是外星侵略者，不算過分吧？並不如你所說的那樣，外星人覺得地球不值得侵略。」我在這樣說了之後，還連聲冷笑，以表示憤慨。

我和白素的心意都是一樣的，不論杜令和他的同類生命的形式如何進步、智慧是如何高，都沒有權隨便取走地球人的生命，這是一個原則問題，地球人不是可以隨便供殺害的卑賤生命。

杜令如果在這種行為上沒有令人滿意的解釋，我和白素也決定不會幫助他和金月亮回去。

當時，我認為杜令根本不可能有令我們滿意的解釋，所以我已經認定了我們之間，會出現僵局。同時，我也準備了杜令會以進步和落後，來作詭辯，那我就會給他迎頭痛擊。

進步的一方，隨便殺戮落後的一方，那是人類的醜惡行為之一，如白種移民在美洲殺戮印地安人、白種人在非洲殺害黑人，等等，都是應該受到譴責的人類行為。如果杜令和他的同類，也有同樣的行為，那麼，他們也不能稱為進步。

我和白素，都以為我們的責問，杜令必然會十分惶恐，要好好回答。可是，杜令卻皺起了眉，一副不耐煩的神情，他說的話，更是令人氣憤，他竟然道：「兩位真會無事生非，那是很久之前的事了，老提它幹什麼？」

我用力一揮手：「不行，這是一個原則問題——」

接着，我就把我剛才想到的說了出來，最後的結論是：「看來你們也不是那麼高尚，一樣有地球人的卑鄙行為，五十步笑百步。」

杜令在剎那之間，漲紅了臉，有十分惱怒的神情，我自然不會怕他，仍然用十分嚴厲的目光盯着他。他深深地吸了一口氣，忽然又搖了搖頭，神情也變得無可奈何：「好，你想知道，我就告訴你，詳詳細細告訴你。」

我昂然道：「好，愈詳細愈好，我們有的是時間。」

說着，我拉了拉白素，走開幾步，在一塊凸起的石頭上，坐了下來，雙手抱膝，望着杜令，等他「詳細說」。

杜令來回走着，金月亮焦急地問：「發生了什麼事？你們在爭執什麼啊？」

杜令破例以相當嚴峻的聲音道：「你不懂的，他們也不懂——要怎麼才能令他們懂呢？」

我冷笑道：「以閣下的智慧，應該十分容易。」

老實說，當時我對杜令的觀感，壞到了十分。從他提出要借我們的身體開始，我就覺得他根本不相信我們——根本不相信地球人。

可是他又非要我們的幫助不可，我覺得他從頭到尾，都在利用我們。

杜令望向我：「好，就從若干年前說起——若干年前，一群我的同類，以記憶組的方式，作宇宙的航行，地球本來完全不是他們的目標。可是，當他們經過地球的時候，卻感應到了一股強烈的……腦電波——」

他說到這裏，略停了一停，望向我，我作了一個手勢，表示明白。

杜令繼續道：「他們都感到十分奇怪，因為只有十分高級智慧的生命，才會有那麼強烈的腦電波發射，而且，他們感應到了，那是一種在十分危急狀態之下所發出來的一種求救信號。」

杜令說到這裏，又停了一停，補充說：「他們在回去之後，曾對他們的宇宙之旅，在地球上停留的原因，作出了十分詳細的報告，所以，我們星體上的人，都知道這一段事的經過。」

我仍然以冷笑來回應，因為至此為止，杜令並沒有作出令人滿意的解釋。

杜令又道：「在這種意外的情形下，他們斷定：這個星體上，有十分高級的生物，而且，這種生物，正處於一種十分危急的情形之下，所以，他們就決定到地球來，看看是不是可給予什麼幫助。」

我又想出言譏諷幾句，可是還沒有開口，白素就拉了拉我的手，示意我別出聲，我就忍住了沒有說什麼。

杜令在繼續道：「他們到了地球，找到了那股強大的腦電波的來源，才知道事情與他們的預料，有相當程度的出入。」

杜令說到這裏，嚥了一口口水，又吸了一口氣：「確然有地球上的高級生物，處於生死存亡的危急關頭，所以才有表示求救信號的腦電波傳了出來。可是，卻不是單一的一個，而是許許多多個——地球人單一的一個的腦電波，非常微弱，許多許多加在一起，才強大到可以使經過地球的，我的同類感應得到。」

我冷笑：「說來說去，你還是想說明地球人落後，我已經說得很明白——你們再進步，地球人再落後，你們也無權取走地球人的生命。」

當我說完了之後，白素卻問了一個問題：「許多許多人？究竟是多少？」

我在奇怪白素何以要這樣問的時候，杜令已有了答案：「接近五十萬人。」

聽到這裏，我實在忍無可忍，霍地站了起來，準備用最嚴厲的話，責斥他胡言亂語，可是白素卻十分用力地拉了我一下。她用的力道是如此之大，幾乎使我站立不穩。我十分惱怒，白素道：「聽他說下去。」

我大聲道：「有什麼好聽的，一派胡言，接近五十萬人，若不是同時受到了死亡的威脅，怎會結合成強大的腦電波？在什麼情形之下，才會有這種情形出現？」

白素還是道：「聽他說下去。」

我在白素的語音之中，聽出她心情正處於十分悲哀的情況之中，我不禁呆了一呆，向她望去，只見她的目光也十分悲哀，我連忙握緊了她的手。

這時候，杜令的聲音在我身邊響起：「接近五十萬人，正遭到同類的屠殺，有的被驅進了大土坑中，石塊和泥土如暴雨而下，把他們活活的掩埋，有的被含碳量十分高，只掌握了鐵金屬初步提煉技術的一些兵器所斬殺，那是一場大屠殺，在同時進行，所以才形成了腦電波的大結合，使我的同類感應到了。」

杜令這一段話出口，我僵立着，不再出聲。

杜令的聲音，轉來十分平靜——當然，那是發生在地球上的事，和他這個外星人一點也沒有關係，他繼續敍述：「這種情形，把他們嚇呆了，他們全然不知道發生了什麼事，他們於是決定，留下來一個時期，研究這個星球上雖然智慧很低，但總算是有智慧的生物的行為。為了方便行動，他們就借用了當時被屠殺的大批人之中，六十多個人的身體。」

我和白素半句話也沒有，雙手緊緊互握在一起，望着杜令。這時，我一點也不覺得杜令的神情和動作輕視，反倒覺得他和我們一樣，也感到深切的悲哀。

他只停了一兩秒鐘：「這六十幾個人，就算身體不被借用，他們必然和其他的四十幾萬人一樣，生命決不能得到延續。我不認為我的同類的決定是一種卑鄙的行為，衛先生，你還堅持你的指摘嗎？」

情形會是這樣子，實在是我絕想不到的。

我沒有回答杜令的這個問題。

杜令道：「我的同類，在回來之後，作出了這樣的報告，也預料我們不會相信會有這樣的事發生，所以他們把這件事的一切背景，盡可能弄明白。他們查明白了，那些被屠殺的，屬於一場戰爭的失敗者，勝利者的領導者，下令殺戮，這個領導者的名字是白起。」

不必等杜令講出「白起」這個名字來，我也早知道了他說的是那一件事了。白素一定比我早想到，所以才一再要我聽杜令說下去。

這件事，發生在公元前兩百六十年，白起是秦國的大將軍；長平之戰大勝趙軍，坑殺俘虜四十多萬人。

這是在中國歷史上有明文記載的事。

四十多萬人，有的被驅入土坑之中活埋，有的被初步煉鐵術鑄成的兵器砍殺，集中在同一時間進行，數以十萬計的被害人的求救腦電波，形成了一股信號，被經過的外星人感應到，把他們引到了地球。

事情就是這樣。

在這樣的事情中，能責怪外星人借用了六十多個地球人的身體嗎？就算他們不借用，那六十多個人，也必然無法倖免。

坑殺降卒四十多萬人。

我和白素的身子，不由自主在發顫。

杜令望着我們：「我不明白你們為什麼感到了這樣的震驚，四十多萬人算什麼？歷史上的中國唐朝——」

他指了指金月亮：「是她生存的年代，你們感到驕傲的年代，稱為盛唐，到現在，你們還自稱唐人。可是就在那個時代，一場持續十年的戰亂，使人口滅絕了三分之二，從四千多萬人，減少到了不夠兩千萬人，死亡的接近三千萬人。」

我和白素互望了一眼，唐朝的「安史之亂」，也是歷史上有明文記載的。

杜令忽然作了一個十分古怪的神情：「一直到最近，也還有數以千萬計人命傷亡的事件，兩位總不至於不知道吧？也超過了三千萬。」

我無力地揮着手，搖搖晃晃站了起來，感到了精神上的徹底崩潰和失敗。

在我的眼前，還躍着不少金星，在那些金星之中，我彷彿看到了一連串的文字，那麼優美的文字，可是卻記述着那麼醜惡的事。

「《史記》白起傳：秦軍射殺趙括，括軍敗卒四十萬人，降武安君，武安君計白，前秦已拔上黨，上黨民不樂為秦而歸趙。趙卒反覆，非盡殺之恐為亂，乃挾詐而盡坑殺之，遺其小者二百四十人歸趙。前後斬首虜四十五萬人，趙人大震。」

在這四十五萬人被「挾詐」而「坑殺」的時候，他們處於生死存亡關頭的「求救信號」，自然強烈之至，這其間，不知有多少血淚，多少號哭。

杜令的問題，其實早有了答案，他們同類的行為，一點也算不了什麼。

在這四十五萬降卒被屠殺的時候，人類還處於「煉鐵技術的初級階段」。

後來，人類的科學技術進步了，就有兩次大戰死亡的三千萬人，就有數以百萬計的猶太人死在集中營，就有數以千萬計的中國人死於「文化大革命」的各種武鬥中。

外星人借用了六十多個必死無疑的地球人的屍體，算得了什麼呢？

當我想及這一切的時候，我更有站不穩的感覺，白素看出了我情形不對頭，就連忙站起來想扶我，可是她自己的情形，也好不到哪裏去，在她扶住我的時候，事實上我們是互相扶持着，所以才不至於跌倒。

杜令的聲音，在我們聽來，顯得十分飄忽，他在説着：「那六十幾個人的身體，一定還很好地保存在裏面，雖然保存了身體，一點意義也沒有，但是比起他們的同類來，也沒有太大的不幸。」

我和白素仍然不出聲，我只是作了一個手勢，想阻止杜令繼續説下去。可是杜令不知是真的未曾注意還是故意不注意，他在繼續説着：「借用身體所發生的死亡，對他們來説，一點痛苦也沒有，比起遭到活埋和被刀槍所殺來，好了不知多少。」

我喉間發出了一陣「格格」聲，總算迸出了兩個字來：「夠了。」

杜令卻仍然在繼續：「被殺的四十五萬人全是壯丁，他們每個人都有家庭，或老或少，為了死難者在號哭哀痛的人，數以百萬計，被借用了身體的六十多人，我的同類找到了他們的家人，給了適當的照顧，他們有相當詳細的記錄，唉，那時候……地球上，地球人的生命……簡直有違生物的根本原則。」

我瞪着眼，望定了杜令，他在侃侃而談，我卻只有乾喘氣的份兒。

他又道：「吸引了我的同類，要留在地球上研究的原因是，宇宙之間，任何生物，都努力爭取生存的機會。當生存的機會遭到威脅時，會拚盡自己的力量，以求繼續生存。可是地球人卻違反了這個原則，明知非死不可，反正是死了，怎麼沒有人起來拚命？四十五萬人若是抱必死的決心起來拚命，至少有十分之一，可以有繼續生存的機會，明知必死的人，為什麼連拚命的勇氣也喪失了？」

杜令問得十分正經，顯然他十分想知道這個答案。也顯然，他的同類，雖然在地球上進行了長時間的研究，可是對於這個問題，還是沒有答案。

我自然也答不上來——我根本出不了聲，當然更無法有回答。

白素在這時嘆了一聲：「歷史上對這種事的記載，有『挾詐而盡坑殺之』的記述，挾詐，就是白起這個武安君，曾用了欺詐的手段，使得降卒以為自己不必死，這才不奮起反抗的。」

杜令搖着頭：「這不成理由，人類歷史上許多大屠殺行為，都沒有人拚死以抗，如果一開始，就拚死以抗，這種事情，必然不能延續幾千年之久。」

白素也不禁啞口無言，過了片刻，她才道：「千古艱難惟一死，雖然也有一些拚死豁命的烈士，但是對普通人來說，都希望在忍辱苟生的情形下，事情會有轉機，這或許是……地球人的特性？」

白素的聲音，迷惘之至，她一面說，杜令一面搖着頭，他望着我們，忽然道：「兩位的面色怎麼那麼難看？對不起，觸及了……一些兩位不願深思的問題？是你們逼我……對我同類的行為作出解釋的。」

我和白素都苦笑，我聲音微弱：「沒有什麼，我們很快就會恢復正常的。」

杜令又向金月亮望去，金月亮一直沒有出聲，只是神情駭然。杜令柔聲問她：「你想到了什麼？」

金月亮深深吸了一口氣：「在沙漠上，匈奴大盜有時俘虜了敵人，會令俘虜在沙漠中四散奔逃，他就縱馬追殺，我眼見過一次，有超過一百人，匈奴大盜一聲令下，人人都竭力奔逃，竟沒有一個人找匈奴拚命的，結果，長刀霍霍，一百多人無一逃得出去。」

杜令駭然，指着金月亮：「你竟保留了那麼可怕的記憶在腦中。」

金月亮神情感慨：「每一個人都在想的是：我可以逃得出去的，別人死了，和我無關，所以人人都只顧盡力逃，而沒有人找匈奴大盜拚命。如果這一百多人齊心，一齊發難，匈奴大盜至多殺死他們二三十人。可是，誰肯做這二三十人呢？」

沒想到金月亮的話，倒在某種程度上回答了杜令的這個問題。

我緩過了氣來：「所以，地球人並沒有違背生命的原則，只是對維持生命繼續存在的方式，運用不當。只想到逃走，沒想到拚命。」

後來，我和溫寶裕他們，談起和杜令的這一大段對話，他們也都神情黯然。人類歷史上，從古到今，從中到外，有許多只要奮起一拚，就可以成功的機會，但就是太少人有這股勇氣和拚勁，所以錯失了機會，而最令人痛心的是，沒有奮起一拚，結果仍然是喪失性命。

要結束人類行為中最醜惡的一面，就必須使醜惡的行為不斷受到打擊。若是人人不甘心做奴隸，對付強勢抱拚命的決心，強勢決難得逞，自然會絕迹。

當然，那只是一種希望，人性之中有太多的懦弱和屈服，太少的拚命決心。

這是後話，當時，我和白素，好一會才緩過氣來，太陽已經西斜了，我們竟需要超過兩小時的時間，情緒才能回復正常，可知所受的打擊之大。

杜令看到我們漸漸回復了正常，他絕口不提剛才我們討論到的話題，指着峭壁，徵求我們的同意：「我們繼續進行？」

我和白素一起點頭，杜令又道：「等一會，兩位所要進行的操作程序，要求操作者精神高度集中，請兩位不要再想剛才的事。」

我苦笑了一下：「放心，這種……類似的打擊，我們不是第一次經受了。每當和異星朋友在一起的時候，總有機會要接受一些十分殘忍的事實。」

杜令沒有說什麼，又和金月亮手挽手向前走去，我和白素跟在後面——下了直升機之後，我們就是以這樣的次序走向峭壁的，忽然之間，有了那樣的一場討論，竟延誤了兩個多小時，這自然是在事先所料不到的。

不一會，已來到了峭壁的面前，杜令陡然揚起手來，作了一個停止的手勢，同時，發出了一下驚呼聲。

我和白素，也立時看出有點不對。

杜令停止的地方，前面有一道大約一公尺寬的石縫，可以推測，走進這個石縫，就可以到達基地。石縫的上面和兩旁，長滿了藤蔓，這時，有不少野藤，斷落在地上，這些野藤，本來可能是遮住了石縫的。

野藤都有手臂般粗細，這類植物的生命力極強，又堅韌無比，決不會無緣無故斷下來的，何況杜令一俯身，拾起了一股野藤，可以看到斷口處十分整齊，一望而知是被什麼利器砍斷的。

由於野藤的生命力強，砍下一段來，稍有水土，就能存活，所以也看不出是什麼時候砍下來的。

杜令拿着野藤，滿臉疑惑地向我望來。判斷這種事，我的能力比他強，我立時道：「有人來過，可能在最近，有人進過這石縫。」

杜令本來也猜到了這一點，可是他又不願意承認，這時聽我說得如此肯定，他俊臉煞白，一時之間，說不出話來。我也不禁吃了一驚：「裏面沒有什麼防備？有人進去過，就會造成破壞？」

杜令的聲音有點發顫：「很……難說，這裏的地方隱秘之極，再也想不到會有人來。」

白素比較鎮定：「在這裏乾着急沒有用，快進去看看，就知道情形怎樣了！」

金月亮也知道有了變故，神情惶急地抓住了杜令的手，杜令一馬當先，從石縫中走了進去，我讓白素走在前面，我留在最後。

才一走進去時，有一股陰森之氣，撲面而來，也十分黑暗。

第九部

宇宙定位儀不見了

我才走出了三四步，前面就亮起了十分柔和的光芒。杜令在前面解釋：「我着亮了光源。」

那石縫大約有二十公尺深，盡頭處，看來像是一扇門，但走近了，看得出只是一塊大小不相稱的金屬片，隨便放在那裏，略作阻隔，光亮是從金屬片後面透出來的，金屬片和石縫之間的空間，足可容一個人，不必移動金屬片而自由出入。

我說了一句：「這算是什麼？是一扇門？」

杜令急速地喘着氣，他的喘氣聲，在石縫之中，甚至響起了回音。

他沒有回應我的話，來到了金屬片之前，一伸手，就推倒了金屬片。

我們眼前，豁然開朗，看到了一個相當大的山洞，足有一個籃球場大——這是一種十分意外的情形：知道會有一個空間，但是卻想不到空間會如此之大。

而在這個大空間的情形，也十分奇特，它被分割成了許多小空間，一種透明的罩子，每一個大抵和如今流行的航行貨櫃箱差不多大小，所以，也可以說是一間一間透明間隔的「房間」。

我曾進入過不少類似的地方，規模最大的一個，在海底，至今還有我認識的一個蘇聯將軍，巴曼少將，留在那裏研究外星人留下來的資料，可是像這樣，把一個大空間分隔成若干「房間」的情形，還是第一次看到。

一眼望去，透明的房間約有十來間，其中最惹人注目的一間，自然是在「房間」中擠着許多人的那一間——不能說是人，只好說是人的身體，自然，那就是若干年之前，被借用了的地球人的身體，這些身體被十分好地保存着，而和他們同時代的人，早已化為塵土了。

我和白素，都自然而然，走到了那間「房間」之前，注視着房間中的那些人，他們看來，和常人無異，身上穿着粗布的衣服，那正是當時人的服飾，他們的神情，看來也十分平靜，看起來，有點像精美之極的蠟像。

當然，這些人在他們的身體一被「借用」以後，已經算是死亡了，所以他們的神情，也不是他們原來的神情了。

真的十分難以想像，他們原來面對屠殺的時候，神情是什麼樣的悲苦。

我和白素，一進來就被這房間中的那些人所吸引，那是十分自然的事，因為在房間中的那些人，是我們的同類，甚至是同種的。

所以，在那一段短暫的時間之中，我們沒有注意到金月亮和杜令的行動，在我們神思恍惚時，突然聽到了金月亮的一下驚呼聲。

她在叫着：「你怎麼了？」

這一下叫喚，把我們的注意力吸引了過去，我們看到，杜令和金月亮，在離我們不遠處的一間「房間」之前，伸手按住了透明的「牆」，面色十分難看，神情驚恐莫名，身子甚至在發着抖。

在這裏，需要補充一下的是，在這個大山洞之中的十多間「透明房間」，除了其中的一間，作為貯放那六十多個人的身體之用外，其餘的房間之中，全是各種各樣不知名的儀器。

杜令的同類，來到地球的時候，只是一組記憶，連一個細胞也帶不來，所有的裝備儀器，自然是他們利用了地球上的資源來製造的。

看來，他們十分善於利用不知什麼原料，來製造這透明的物體——人造玻璃。金月亮就曾被一整塊的有機玻璃嵌在其中。

在山洞中的透明房間，我估計「牆」的厚度，大約是五公分左右——由於透明度十分高，所以相當難估計。

這時，杜令扶着的那「房間」，也是一樣，裏面是一具看來十分複雜的儀器，杜令正盯着這具看來像是一輛跑車的車廂，有着座位的儀器在看。而當金月亮叫出了那一句話之後，杜令突然發出了一下又是惶急、又是憤怒的叫聲，重重一擊，打在透明的「牆」上——他雖然是異星人，可是對一些事情的反應，卻和地球人無異。他這時的行動，表示他發現了有什麼地方，十分不對頭，所以正在又驚又怒！

他在重重打了一拳之後，轉頭向我們望來，確然是一副又驚又怒的神情，但是卻又有幾分不可置信的神情！

在這裏，又需要補充一下——由於一進山洞，發生的一切事太多，所以在敍述之中，要不斷補充，那十多間房間，我在第一眼看到他們的時候，用「罩子」來形容它們，是因為它們雖然大小如房間，但事實上，只是一個大罩子，因為它並沒有門和窗，是密封的。

自然，我知道杜令必然有方法可以接觸房間中的東西，但至少我一時之間，想不出那是什麼方法。

這時，一看到杜令的情形，我和白素都呆了一呆，我們自然都不知發生了什麼事，金月亮已代我們問了，所以我們也不必再問。

杜令也不等我們發問，就叫了起來：「怎麼可能？怎麼可能？」

他在這樣說的時候，伸手指着那房間中的那具儀器，聲音聽來十分尖利，可知他的心中，十分發急。

白素先問：「有什麼不對？」

杜令陡然吞下了一口口水，聲音聽來，更是難聽：「不見了一樣……十分重要的東西……那是宇宙定位儀，靠它來決定宇宙航行的方位，沒有了這儀器，我們就無法回去——」

他說到後來，聲音更是十分淒厲，再加上金月亮在一旁發出的驚呼聲，一時之間，在山洞之中，叫起了陣陣回音，恍若世界末日之將臨。

我和白素一時之間，都無法想像在這樣隱蔽的一個山洞之中，一個透明房間之內的一個儀器，是如何會失蹤的，所以根本無法說什麼。

杜令又是吃驚，又是惱怒，又重重在透明牆上，踢了一腳，叫嚷着：「那東西看起來，只不過是一隻會發光的透明球，誰會拿了去？單獨地把宇宙定位儀拿走，又有什麼用處？」

本來，看了他那種焦急的神情，也十分令人同情。可是他在憤怒地說這番話的時候，卻雙眼直勾勾地瞪着我和白素！這種神情十分可惡，倒像是我們拿走了他的宇宙定位儀一樣。

若不是金月亮雙手抓住了杜令的手臂，焦急得發抖的可憐相，我已忍不住要口出惡言了。

我強忍了一口氣，只是問：「不見了……東西，我們有嫌疑？」

杜令用力一揮手，以表示他心中的憤慨，仍然瞪着我們，口唇掀動，可是沒有出聲，顯然是他想說什麼，而又沒有說出來。

白素嘆了一聲：「你是不是想說，這又是地球人的愚昧行為之一？我們作為地球人，也需要負責？」

杜令雖然沒有說什麼，可是他那一副神情，卻表示他心中正這麼想，這就有點叫人受不了。我悶哼了一聲：「怎見得一定是地球人所為，不是你的同類的作為？」

我一面說，一面已走向前去，我用手拍打着那透明牆，發出「啪啪」的聲響：「我就不知道如何可以弄開這些罩子，別人也未必會。」

杜令瞪了我一眼，仍然什麼話也不說，只是雙手按住了「牆」，向上一提，想不到那罩子看來大，可是卻十分輕，一提之下，竟然被他抬起了五十公分上下，任何人都可在被提起的空隙中鑽進去。

杜令的動作，作用十分明顯，任何人，只要稍為注意一下，就可以知道怎麼進去，把那個宇宙定位儀拿走。

杜令一定十分氣憤，所以他在把「罩子」提起來之後，略停了一停，又用力一掀，把整個罩子都掀翻，倒向一邊，他踏前一步，指着儀器上的一個半圓形的凹槽：「定位儀本來就在這上面的。」

我想起了剛才在石縫外，看到斷了的山藤，顯然是有人曾進來過，這裏的地形，雖然險峻，但是久居在山區的人，擅於攀山越嶺，也不是絕無可能進入這裏。

我和白素同時想到了這點，互望了一眼。這時，杜令的神情，沮喪之極，雙手抱着頭，蹲了下來，金月亮則抱住了他，把俏臉貼在他的背上，睜着一雙無神的大眼睛，一副徬徨無依的神情。

我想說幾句話，安慰他們一下，例如「恩恩愛愛在地球上過日子也很不錯」之類，由於考慮到不會有什麼作用，所以才沒有立即說出口。

白素這時已道：「你大可不必沮喪，反正所有的儀器，全是憑你們的技能，在地球上就地取材製造出來的，你大可以再製造一個。」

杜令抬起頭來，神情苦澀：「我沒有這個技能——由於需要記憶的知識太多，我們也都是分類來記憶的。」

白素發出了一下低呼聲，又道：「你不能發一個信息回去，請派一個有這樣知識的同類來？」

杜令又緩緩搖了搖頭：「不能，如果可以通訊，我還會着急嗎？」

白素看來雖然很溫柔，但是她卻有鍥而不捨的精神：「那你也不必難過，東西原來在這裏，現在不在了，一定是有人進來拿走了，可以設法把它找回來。」

杜令怔了一怔，眼珠轉動着，顯然他是在計算把東西找回來的可能性。同時，我也在計算着，那令我苦笑：把東西找回來的機會，實在太渺茫了。根本不知道是誰拿走的，是什麼時候拿走的，在這種窮山惡水的地方，人煙不見，上哪兒去追查？

杜令想到的結論，顯然與我一致，所以他也緩緩搖了搖頭，不過，他總算慢慢站直了身子，金月亮仍然緊靠着他，身子發抖——她十分壯健，可是這時，都一樣叫人感到她楚楚可憐。杜令伸手，在臉上重重抹了一下，他走近那具儀器，伸手在一塊平面的金屬板上，觸摸了幾下——金屬板上並沒有什麼按掣，但是他的動作，卻像是觸動了一些按掣。

然後，他凝神了片刻，才問我們：「可看到有什麼強烈的光線？」

我搖了搖頭，甚至不知道他這樣問，是什麼意思。

杜令道：「剛才我發動了一些……能源，如果定位儀在，就會發出十分強烈的光線。」

我聽了之後。心中一動：「強烈到什麼程度？」

杜令想了一想：「那要看距離多遠，如果就在它原來的位置上，它發出的強光，會令人在十分之一秒之中，眼部組織受到破壞而變盲。」

我吃了一驚，不由自主，揉了揉眼，杜令忙道：「自然我會一早教你們保護眼睛的措施，如今東西也不在了，還有什麼好說的？」

金月亮在這時候，終於忍不住而嗚咽了起來，我本來已想到了一些頭緒，可是給她一哭，思緒又亂了起來，所以我喝了一聲：「別哭。」隨着我的呼喝聲，白素已問出了我心中想問的話：「你在這裏操縱，可以令定位儀發光的有效距離是多少？」

杜令抬起了頭：「極遠——定位儀的作用，是利用直線進行的光束，來確定各個星體的位置，在一千公里之內，它都會由於我這裏的操作而發光，自然，距離愈遠，光線愈弱。」

我和白素又互望了一眼，這時，我們都有了同樣的主意。杜令用疑惑的眼光望向我們。我道：「如果在一百公里左右的範圍呢？」

杜令吸了一口氣，他也明白了：「發出的光芒仍然十分強烈，晚上在空中可以發現。你的意思是，到了晚上，利用直升機去尋找？」

我點頭：「是，你操作儀器，由我們去尋找，我相信能夠上得了這樣的懸崖絕壁，來到這裏的，一定是山居的苗人，不可能是外地來的——除非是來自更遠的外星人。所以那東西，一定在不遠處，晚上會有光發出來，可以被發現。」

金月亮也睜大了眼，望着我，聽我説着，她忽然問了一句：「怎麼區別……這光亮和燈光呢？」

我哈哈笑了起來：「照我看，這裏的照明方法，和一千多年之前不會有什麼分別，所發出的光，決不會有如此強烈。」

杜令神情苦澀，仍然有點憤怒：「希望沒有遭到破壞，唉，離開了整副儀器，這定位儀一點用處也沒有，真不知道拿走的人要來作什麼？」

白素嘆了一聲：「一個會發光的球體，對於不知道它是什麼東西的人來說，也是一個十分有吸引力的物體，有人偶然走進來，發覺，拿走了，也是十分自然的事。」

杜令欲語又止，看他的神情，想說而又沒有說出來的話，絕不會是對地球人行為的恭維。所以我也不再去追問他，因為同時，我又想起了那一批曾到過地球，誤把萬里長城當作是指引降落的指標，所以降落在長城的一端臨洮的外星人，他們本身的星體上，根本沒有偷竊、不告而取的這種行為，所以他們根本不懂得鎖和鑰匙是什麼東西。

星際之間，由於行為的不同，在甲星球上是最簡單的東西，到了乙星球上，就可以變成是聞所未聞、最最奇怪的東西。

白素也注意到了杜令的這種神情，她淡淡地道：「看來你雖然喜歡地球上的美女，但是對地球上的一切，並不滿意。」

杜令脫口道：「豈止不滿意，簡直是——」

他陡然停了下來——沒有說出口的話，顯而易見，多半是「反感之極」！

這次，連金月亮也感覺到了杜令的這種「外星優越」，她皺着眉：「包括我在內？」

杜令狡獪地笑了一下，伸手在金月亮的額頭上，指了一指：「我對地球人的行為，有一定程度的了解，所以在你的記憶中，已經剔除了一些不堪的記憶，不然，你到了我們的星體，也無法生存。」

我看杜令多半還做了別的手腳，類似「落了降頭」，所以令得金月亮這個沙漠上的野女人，對他服貼之極，聽了他的話之後，絕無異議，只是望着他甜甜地笑。

白素嘆了一聲：「地球人的行為是多方面的，像我們曾討論過的，為什麼沒有人拚命，只是順從暴虐，也不是絕對的，歷史上有很多拚命，推翻暴虐的事例，你應該知道這一點。」

話題又回到了那個題目上，杜令側着頭，想了一會，才道：「確然是，地球人個個性格不同，行為不一，沒有劃一的標準。」

我大聲喝了一聲采：「這才是地球人的大特色，這樣生活才多姿多采，要是人人都一樣，那樣豈不是成了一個機械人星球了。」

白素有點奇怪地望向我：「你也別打腫臉充胖子了，許多被公認的原則，尚且有許多人公然破壞和不遵守，這種多姿多采，還是不要的好。只是地球人既然生來是這樣，也看不出有什麼改變的法子，那也是無可奈何之事。」

杜令再度欲言又止，不過這次，他把話說了出來：「其實，要改變生命密碼，不是難事，通過很簡單的生化工程，就可以達到目的。」

他說得輕鬆，可是我和白素聽了，都不禁感到了一股寒意，我叫了起來：「把每一個人都變得一樣？這……太可怕了。」

杜令用不解的神情望着我，又不經意地向金月亮瞄了一眼——那使我知道，我剛才想的沒有錯，他確然曾在金月亮的身上做了些手腳，自然就是略為改變了一下她原來遺傳的生命密碼。

他這樣做的目的，只怕為了他自己，多於為了金月亮！所以當下，我就撇了撇嘴，表示不屑，杜令只是尷尷尬尬地笑着，很有點作賊心虛的味道。

這時，天色早已完全黑了下來，我們退出山洞，來到直升機旁，杜令取出一些「壓縮食物」來給我們進食。吃這種食物，當然只能消除飢餓的感覺和獲得營養，想要享受美食的滋味，那是談不到的了。

我和白素一面吞服着，一面使了一個眼色。白素來到了我的身邊，壓低了聲音道：「別怪他，他做了些手腳，多半是要金月亮適應他那邊的生活，例如要她完全忘記烤全羊的香味之類。」

我聽得吞了一大口口水，卻道：「不得了，我想些什麼，你全知道，這怎麼得了。」

白素也笑：「若要人不知，除非己莫為，你和杜令眉來眼去的樣子，誰還不知你在想些什麼？」

我笑着，大聲道：「可以開始了。」

杜令還能維持鎮定，金月亮的神情，相當緊張，白素在安慰她：「放心，只要東西是山裏的苗人拿走的，這個方法，十分有效。」

我道：「我只怕直升機自天而降，會把苗人嚇瘋掉。」

説着，我和白素，已經向直升機走去，杜令跟了上來，和我們一起進了機艙，指點着操作的方法，和要我們緊記十多項十分重要的處理裝置。

然後，他就離開，和金月亮互相摟抱着，走向那道石縫，我敢肯定，他們進了石縫之後，由於石縫狹窄，不能不一前一後，可是金月亮也必然會在他的身後，環抱着他的腰際。

我一面發動直升機，一面忽然問了一句：「像杜令這種情形，算不算是誘拐地球美女呢？」

問題相當滑稽古怪，可是白素還是認真想了一會，在直升機起飛的「軋軋」聲中，她道：「真難界定，說起來，金月亮絕對心甘情願，可是這種心甘情願，卻又多少有他做了手腳的成分在；不過可以肯定，金月亮一定十分快樂——何必去追究。」

我只是隨便問一問，男女之間的事，只要這男女雙方，你情我願，有什麼好追究的？

直升機升空之後，我就把對光感應的裝置部分，調節到十分高敏感的那一點上，熒幕上的說明是可以感應到一公里之外的一支火柴所發出的光芒。

所以，在幾幅熒屏上，在漆黑之中，可以看到有些地方有光源，苗人喜歡用火把，有火把火芒之處，自然就是苗人聚居之處，如果沒有這種對光有感應的裝置，絕不容易發現那些苗峒。

暫且不說我們這次飛行探索的結果，各位慣了聽我敘述故事的朋友，一定早已想到事情必然和溫寶裕、藍家峒是有關的了，對不對？要不然，怎會把兩樁全然不相干的事放在一個故事來說呢？

既然放在一個故事之中，就說明了這兩件不相干的事，遲早會發生關係，根本是一個故事，只不過在開始的時候，話分兩頭而已。

卻說溫寶裕跟了十二天官上路，溫寶裕記得白素的叮囑，準備先去見一見藍絲。

可是當他向那十二個人一提出這一點的時候，十二人一起大搖其頭，齊聲道：「在事先，你不能見她，等盤過了天梯，她就是你的人了，何必急在一時。」

溫寶裕一聽「是你的人了」，從心底深處甜出來，而且他也知道苗人的奇風異俗甚多，他自然不能違反，所以他們甚至沒有經過那個城市，就直赴苗疆，開始的時候，路線和我們來的時候相近，也是降落在離山區最近的機場，然後，他們騎着驢子進山區。

一行十三人，雖然十二天官是在山區長大的，但是晚上也不敢趕路，晝行夜宿，進度相當慢，驢子體積小，善於走狹窄的山道，可是有時，根本就沒有道路，只是在亂石之中前進，一面又是萬丈深淵，有時，濃霧蔽天，他們要用一根繩子串起來，才能慢慢地前進，一路之上，刺激之極，溫寶裕自然是興高采烈。

第十部

解救「第二個月亮」

後來，他對人說起這段歷程，這樣說：「真是每一秒鐘，都可能粉身碎骨，到後來，變麻木了，倒很欣賞了一下苗疆奇麗之極的風景，有一晚日落，映着雲彩，幻化出幾百種絢麗無比的色彩，宛若仙境——只不過，再叫我去走一次，我卻也沒有這個膽子了。」

一路上，經過不少苗峒，所有的苗人，對來自藍家峒的苗人，都十分尊敬，及至進入了藍家峒，全峒二百多苗人齊集，把溫寶裕圍在中心，歡迎儀式進行了幾個小時，直到午夜。

那一夜，正是月圓之夜，苗人載歌載舞，歡樂的氣氛，洋溢在每一個人的神情和動作之上，一種入口又香又甜的酒，貯放在大竹筒之中，不論男女老幼，人人都可以自由取飲。在火堆上轉動的各種野味，肉香和酒香交雜在一起，令人心曠神怡。

苗人之中，很有些相貌標緻的少女，可是她們顯然知道溫寶裕的身分，所以和他保持着一定的距離，只是向他甜甜地笑。

苗女都有着黑白分明的大眼睛，在舞蹈的時候，眼波橫溢，再加上苗女的衣著十分暴露（記得溫寶裕第一次見到藍絲時的情形嗎？）所以，月色之下，也就不乏活色生香的艷麗風光。

溫寶裕在有了幾分酒意之後，也隨着音樂，手舞足蹈，這時，他唯一的遺憾，就是藍絲不在他的身邊了。

藍家峒的峒主，是一個很高大，可是很瘦的老年苗人，臉上和身上，都有着藍色的黥記。他看來很得苗人的愛戴，他説話不多，溫寶裕才到的時候，他就熱烈地歡迎，先用「布努」，後來知道溫寶裕聽不懂，就改用漢語，表示了他的歡迎。

峒主的漢語不是很流利，帶有十分濃的雲南口音，可是溫寶裕聽得懂有餘，這自然也更令得他十分興奮。

峒主的態度，十分祥和，在當晚的歌舞大會中，溫寶裕就看到不少青年男女，跳着舞，唱着歌，眉來眼去一番之後，就手拉着手，來到峒主之前，峒主一點頭，青年男女就歡天喜地，奔了開去，融進了月色柔和的黑暗之中，去享受他們的人生去了。

溫寶裕天性不羈，奔馳開放，可是偏偏生在一個十分保守的中國家庭之中，所以看到了這種情形，只覺得自由解放之極，覺得人生就應該這樣生活。所以，在這個苗峒之中，他大有如魚得水之感。

在這樣的心情之下，他不住口地喝酒，有了幾分酒意，所以，所有的人，是什麼時候全停止了動作，連音樂也完全停止，溫寶裕並不是立即知道的。他只是看到了十二天官忽然都出現在他的面前，而且個個神情嚴肅，他知道一定有些事發生了，所以他自然而然，站了起來。

也就在這時候，峒主搖晃着身子，來到了他的身前。峒主又高又瘦，在行動的時候，像是一個高大的骨架子。

四周圍忽然由喧鬧變得寂靜，峒中重要的人物，又都出現在他的面前，溫寶裕雖然有了幾分酒意，也可以知道，一定有一個相當重要的儀式，快要進行了。

溫寶裕一面打着酒嗝，一面挺直了身子。峒主緩緩揚起右手來，伸出中指，向天上指了一指。

在他向天上一指的時候，他自己和十二天官，都一起抬頭向上看去，溫寶裕也自然而然向上看，圓月正在天頂，看來皎潔之極，朗月中的陰影，清晰可見。

月亮，不論是生活在地球哪一個角落的人，只要有視力，都是看慣了的，所以溫寶裕看了一會，也看不出什麼別的名堂來。

這時，峒主已經垂下手來，雙手一起按住了溫寶裕的肩頭，聲音低沉：「我們有一個絕大的秘密——世上所有的人，都只知道有一個月亮，只有我們，知道天上有兩個月亮，不是一個。」

峒主說的話，溫寶裕完全可以聽得懂，可是他還是用力搖了搖頭，以為自己是喝了太多的酒，弄糊塗了。他把峒主的話，又想了一遍，才「嗯」地一聲：「兩個月亮，嗯，兩個月亮。」

他又抬起頭，努力想在天上找出第二個月亮來，可是看來看去，都是看到一個。所以，他又低下頭，望向峒主。這時，他和峒主面對面，距離很近，這才發現峒主的臉上，全是皺紋，不知他有多大年紀了。

溫寶裕還沒有開口，峒主已經明白他想問什麼了，他伸手指向遠處：「看到那座山峰嗎？」

藍家峒所在地，四周圍全是重重疊疊的山巒，溫寶裕向峒主所指的山看去，峒主又補充：「最高的那座。」

溫寶裕點了點頭，月色之下，那座山峰，比別的山頭都高，高出許多，拔地而起，雲霧在山峰半腰繚繞，看來虛無縹緲之至。

溫寶裕人聰明，知道峒主忽然在這種情形之下，向他說起什麼莫名其妙的「兩個月亮」之類的話，一定大有深意，別有下文，所以他集中注意力聽着，不敢怠慢。

他大聲回答：「我看到了，最高的山峰，好高。」

峒主一字一頓：「另一個月亮，就在這座山峰的半腰上，那另一個月亮，和這個月亮不一樣，這個月亮每天都升起來，形狀會變，那另一個月亮，不常升起，有時，隔上幾十年，才升起一次，每次升起，都是圓月，比現在在天上的月亮更圓、更亮，叫人不敢逼視。」

溫寶裕眨着眼，他雖然想像力豐富，如同天馬行空一樣，可是一時之間，也很難設想「另一個更圓更亮的月亮升起」時的情景，所以他只好含含糊糊地答應着。

峒主繼續着：「最近一次升起，是在許多年之前，那年，我才七歲，現在在峒裏，看到過那次第二個月亮升起的人，還活着的，有二十二個。月亮升起，照得所有的山頭，都發出一層銀輝，這是難得一見的奇景。」

溫寶裕努力使自己的腦中，編織出這樣的奇景來。他仍然只能唯唯諾諾地答應着。

峒主的聲音聽來有點激動：「在很久很久之前，這第二個月亮就存在着，我們的祖先都知道，一代一代傳下來，這是藍家峒的的大秘密。」

溫寶裕直到這時，才想到了一個疑問：「那第二個月亮又圓又大，升起來的時候，所有看得到的山頭，都散發出銀輝，那麼，應該所有的苗峒都可以看得到，如何會是藍家峒特有的秘密？」

溫寶裕的這個問題，合情合理之極，可是峒主一聽，卻睜大了眼，像是他從來也未曾想到這個問題一樣。

對於峒主有這樣的反應，溫寶裕先是莫名其妙，但隨即恍然——苗峒和苗峒之間，一向極少來往，各自保持着自己的神秘的生活方式。像這種「兩個月亮」的傳説，可能每一個苗寨都有，可是又都視為是自己一寨一峒的秘密，絕口不與外人提及。

一了解到這一點，溫寶裕不但不再追問下來，反倒發揮了他小滑頭的本色——苗人大都十分樸實，不懂得什麼花樣，溫寶裕要在苗人面前玩花樣，自然綽綽有餘之至。

他一揚手，在自己的頭上打了一下：「真是，當然那是藍家峒才知道的秘密，只有藍家峒才知道，還有另一個月亮在。」

峒主又望了溫寶裕片刻，才像是原諒了溫寶裕竟會提出了那麼愚蠢的一個問題來。然後，他長嘆一聲：「我們世世代代，傳下來一個問題：為什麼那個月亮，會隔那麼久才出現一次呢？」

峒主望着溫寶裕，像是想他回答這個問題。可是溫寶裕自然無法回答，他只好眨着眼，也有他不知該説什麼才好的時候。

峒主再嘆了一聲：「有一個十分有智慧的峒主，找到了答案：有一種邪惡的力量，在妨礙那個月亮的出現，所以，我們的勇士，應該把這股邪惡的力量消滅，讓那個月亮可以天天出現。」

峒主一面說，溫寶裕就一面點頭，表示同意——這種民間傳說，大都類似，聽起來有似是而非的道理，也相當動人。

溫寶裕點頭，點到一半，他就覺得事情不對頭了！他自然而然，向那座高峰望去，倒抽了一口涼氣，自己問自己：峒主說了這些，目的是什麼呢？不會是要他上山峰去，把那股邪惡力量消滅，去解救那個月亮吧？

他來到藍家峒，不是喝酒唱歌跳舞就算，而是有事要做的，他要「盤天梯」，而盤天梯的內容如何，他還一無所知，如果對方提出要他那樣做，他不能拒絕。

那座山峰極高，溫寶裕自然不免望而生畏，可是他想，只不過是爬山而已，也沒有什麼大不了，所以他又鎮定了下來。而且還主動地問：「是不是要我去把那股邪惡的力量趕走，好讓另一個月亮每晚都出來？」

峒主先是一呆，接着，便大聲把溫寶裕自動請纓的話，傳譯了出來。所引起的反應之熾烈，令得溫寶裕絕想不到，所有人都發出了一陣又一陣的歡呼聲，不論男女，都手拉着手，圍着溫寶裕，又叫又跳，連剛才紛紛遠離去的一對對的青年男女，也都趕了回來。

歌、舞、酒又重新繼續，溫寶裕只知道自動請纓已被接納，他也樂得開懷痛飲，當晚就醉倒在一間竹屋之中，直到第二天的中午。

第二天中午他醒來，又是口渴、又是頭痛，他睜開眼，只覺得四周圍靜到了極點。他掙扎着站起來，手按着頭，腳步不穩地向外走去，才一推開竹屋的門，他就嚇了老大一跳。

由於四周是如此之靜，他絕未料到，一推開門，會看到那麼多人。竹屋外的空地上，擠滿了人，看來，整個藍家峒的人全在這裏了，可是，卻完全沒有人發出任何聲響來，此情此景，真是詭異莫名。

溫寶裕呆了一呆，殘存的幾分酒意，也一掃而光。他看到峒主和十二天官，站在最前列。他一出現，所有人的目光，都集中在他的身上。

溫寶裕竭力想令氣氛輕鬆些，他吸了一口氣，用他所懂的有限的「布努」，向所有人問好。

他可以肯定，自己說得聲音響亮，應該人人都可以聽到他的問好，可是所有的人，仍然一聲不出，都只是定定地望着他。

這種情形，相當詭異，令得溫寶裕感到了一股寒意，他向峒主和十二天官望去，峒主和十二天官向前走來，溫寶裕也迎向他們，等到雙方接近，峒主才又向遠處指了一指，指的仍然是那座高峰。

這時，向遠處眺望，看出來的景色，和晚上在月色下看，又大不相同。

雖然青天白日，視野極廣，可是那座高峰，仍然是雲霧繚繞，一股又一股的雲帶，有的顏色深沉，有的燦然生光，有的如挑碎了的棉絮，有的如織成的錦帶，自峰頂以下，少說也有七八道之多，看起來，壯麗無儔，十分奪目。

溫寶裕正在看着，峒主已經開口道：「你昨晚說，可以上那高峰去，解救那個月亮。」

溫寶裕宵來雖然酒意濃，可是自己說了什麼，做了什麼，他並沒有忘記，所以一聽之下，他雖然知道對方把這件事看得如此嚴重，一定有十分難以克服的困難在，可是他天生有天不怕地不怕的性格，所以他立時大聲道：「是，我今天就出發。」

峒主立刻就翻譯了溫寶裕的這句話，剎那之間，所有的人，歡呼聲雷動，打破了沉寂。溫寶裕看到，每一個苗人的神情，激動之極，好像他已經成功了一樣。

峒主也大是歡喜，把雙手放在他的肩頭之上，甚至又高又瘦的身子，在微微發抖，十二天官更是大聲酣呼，手舞足蹈，神情十分高興，大聲在向苗人說着話，溫寶裕略為聽得懂一些，約略知道十二天官是在向全峒的苗人表功——因為他們帶來了一個敢於去解救被邪惡力量所困的月亮的人。

當時，溫寶裕並不知道為什麼苗人會那麼激動。後來，他在苗峒生活久了，才知道苗人雖然在許多方面，可以說沒有開化、極其落後，可是有若干原則，卻又十分先進，完全符合一個開放社會的原則，甚至在許多所謂文明地區，都沒有這樣的原則。

而原則之一，是苗人絕不會勉強、強迫另一個苗人去做一件他所不願做的事。即使地位崇高如峒主，如十二天官，也不會勉強他人行事，這是他們信奉的一個大原則。

所以，當十二天官和溫寶裕來到我這裏，討論「盤天梯」的時候，十二天官事實上，不曾勉強過溫寶裕，只是一再強調溫寶裕答應過的，不好反口。

而事實上，那時溫寶裕若是反了口，他們也無可奈何，因為他們天性不會強迫別人去做事，自然，他們可以由此極度輕視溫寶裕，但仍然不能強要溫寶裕去做什麼。

溫寶裕到了苗峒，豪氣干雲，自動請纓，全峒上下，高興莫名，他們幾乎徹夜不睡，一清早就聚集在溫寶裕所住的竹屋之外，等溫寶裕出來。

誰知道溫寶裕這小子，酒喝多了，沉沉睡着，一直到日上三竿，還不見人影。眾苗人愈等愈急，只當溫寶裕昨日一時口快現在反悔了，所以躲了起來不見人，所以才成了一片死寂。

因為溫寶裕若是忽然表示不願意去了，全峒苗人，也不會有一個會強迫他去的，只是從心底深處瞧不起他而已。

這一切過節，溫寶裕全是事後才知道的，他洋洋得意：「幸好我有勇往直前的勇氣，哼哼，要是稍為膽子小一些，就成了苗人眼中的王八蛋了。」

溫寶裕一再肯定，他肯上那山峰去，苗人自然高興莫名，他是十二天官帶來的，連十二天官，也大有面子。

峒主用激動的聲音道：「你是上天派來的勇士，天意一定會令你成功的。」

一聽到了這句話，溫寶裕想起了我說過有關「盤天梯」的評語，他立時問：「是不是我完成了這件事，就是通過了盤天梯？」

峒主連連點頭，十二天官中的那個矮老頭，在知道了溫寶裕的問題之後，更大聲道：「那是至高無上的榮譽，如果藍絲姑娘願意，你可以當藍家峒的峒主。」

溫寶裕聽了之後，也有半分鐘之久，講不出話來——和一個苗女在一起，生活在一個苗峒之中，已經是生活中開千古未有之奇了，如果忽然成了一峒之主，這是怎麼樣的奇遇？

這時，他心中有了一個疑問：去攀登這個山峰，會遇到什麼樣的凶險呢？

他十分清楚自己決不是什麼上天派下來的勇士，遇到了凶險，天意也未必一定站在他的這一邊，毒蛇猛獸，未必會不攻擊他。

他剛想問這個問題，峒主又道：「你可以在全峒的壯士之中，挑選八個最健壯的人，和你一起去。」

溫寶裕心中一動，忙問：「有攀山的能手？」

峒主立刻大聲叫了一遍，一下子，至少有三二十人，用極其矯健的身形，越眾向前，排成了一列。

溫寶裕向他們看去，只見他們每一個人，都是一副躍躍欲試的神情，顯然視被挑中為最大的榮耀。

溫寶裕這時，心中又不禁十分疑惑：苗人生活在崇山峻嶺之中，攀高山如履平地，爬山的本領，無論如何都比自己來得高，為什麼他們自己不去解救那第二個月亮，卻要自己去？

若說他們膽小不敢去，那又不盡然，這時那三二十人，至少都沒有退縮。

辦成了這件事，甚至可以成為峒主，至少也是全峒的勇士，何以竟沒有人去嘗試一下呢？

溫寶裕這時，並沒有機會把這個問題提出來，他自己想了一想，沒有答案，就放在心裏。

他看了那三二十人一遍，心想自己若是隨便挑八個人出來，一則，不可能挑到最好的，二則，也會惹落選者的嘲笑。

溫寶裕年紀雖然輕，可是他很有能力，立即想到了一個好方法，他對峒主道：「請告訴各人，誰自認為有別人比他更好的，不妨自己退出。」

苗人生性誠實，誰好誰不好，大家心裏有數，不會作偽。峒主一傳話，有一半人，就後退了開去，剩下的一半人，遲疑了一下，又退出了幾個，剩下來的八個小伙子，看起來都精壯如豹，溫寶裕來到了他們的身前，不禁倒抽了一口涼氣。

他和那八個苗族青年相比，在智慧學識上，他或者遠勝他們，可是在體力上，溫寶裕自知和他們相去實在太遠了。如果那八個苗族青年是鐵條，那麼他甚至不是木枝，而只是蘆葦桿子。

當他來到那八個青年人面前時，他們都自然而然，站直了身子，挺起了胸膛，肌肉盤虬，生氣勃勃，看來每一個人，都有生裂虎豹之能。

溫寶裕知道，如果要攀登這個高峰，這八個青年，在體能上勝過他不知多少。

他的疑問又來了：何以他們自己不去，而要作為他的助手？他在哪一點上，勝得過這八個青年人之中任何一個呢——這個疑問，一直在他的心頭盤旋着。

當時，他知道，自己的行動之中，若是出現了什麼凶險的話，這八個青年人，將是幫助自己度過危機的主要力量，所以他對他們，十分客氣，語音也極其真摯，他道：「我對於攀登高山，並不是很在行，一切還要靠你們多多幫助才好。」

峒主跟在溫寶裕的身邊，把這兩句話通譯了，那八個青年人神情一致，對溫寶裕崇仰之極，簡直把溫寶裕當成了偶像。

溫寶裕也不知道他們何以會有這樣的神態，他再把要多多依靠他們幫助的話，說了一遍。那八個青年人，忽然一起振臂高呼，同時，把他們腰際所懸、套在鹿皮刀鞘中的佩刀，拔了出來，高舉向上，又一起高叫着。

溫寶裕聽不懂他們在叫什麼，可是在他們的動作和神情上，也可以看得出，他們正以一種十分莊嚴的心情，在作一種誓言。

其時日當正午，八柄精光閃耀的苗刀高舉，給人以一種寒森森的感覺。苗族壯士，十分重視自己所佩的苗刀，這一點，溫寶裕既然結識了苗女藍絲，自然也十分注意苗人的行為，他是知道的。

苗人在小時候起，就為自己將來有一柄好刀作準備。包括用獵物去交換，或甚至自己留意好的鐵礦。苗疆對冶金術，有其獨特的研究，煉製精鋼有不傳之秘，他們可以煉出極好的鋼來，被稱為「緬鋼」的一種，在鑄成緬刀之後，可以由於刀身的柔軟，而當腰帶一樣地束在腰際，其精純程度，可想而知。

而一柄苗刀，在苗族壯士成年之後，就陪伴他一生，遇樹砍樹、遇藤割藤、遇虎殺虎、遇蛇斬蛇，是壯士生活之中，不可分割的一部分，一直到壯士死去，歸於塵土。大多數的情形之下，這柄苗刀，也就隨着壯士，長眠於地下，也有少數的情形，是在臨死之前贈送他人的。

這時，那八個青年，高舉苗刀立誓，自然是一種莊嚴之極的儀式，溫寶裕也神情肅穆，望着那柄寒光閃閃的利刃，不敢胡亂說笑。

那八柄苗刀，自然沒有傳說中的緬鋼那樣神奇，可是也一看就可以看出，鋒利非凡，刀的長短不一，可是形狀是一樣的，略帶新月形——長短按各人的習慣氣力而定。

溫寶裕望着那八柄刀，全身有熱血沸騰之感，他也想舉起手來，回應些什麼，可是想想他人手中有刀，自己只是空手，未免不很好看，正在猶豫，忽然感到身邊，有了一股涼意，手中一緊，低頭一看，手中多了一柄刀。

那柄刀，形狀和高舉着的八柄刀一樣，只是相當短，可是刀身，竟然看起來類似半透明，直如一泓秋水，深不可測，刃口則隱隱泛着一層銀光，奇異之極，而且有一股寒意，自刀身之中，直透出來。

遞刀給他的，正是十二天官的那矮老頭。

第十一部

一個非猿非人的生物

溫寶裕呆了一呆，他隨即接觸到了那矮老頭十分堅決的眼光。溫寶裕心知苗人決沒有將自己的佩刀在生前送人之理，所以，他還是猶豫了一下。

就在這時，小老頭說了幾句話，峒主立時解釋：「這柄刀，是他們十二人，費盡心血，為藍絲準備的，現在你或許有用，所以先給你。」

溫寶裕心中大喜，手一緊，便把刀提在手裏，也高舉了起來，那刀在陽光之下，寒光閃閃，叫人不敢逼視。峒主吸了一口氣：「整個藍家峒中，以這柄刀為最好。」

溫寶裕大聲道：「謝謝，我一定不會辜負這柄刀。」

他說着，身子一縮一挺，手背揮動，迅速無比地使出了一套刀法來。

還記得溫寶裕和白老大十分投契嗎？白老大喜歡溫寶裕，曾誇言要把他的一身武藝，傳授給溫寶裕。當然，要全部傳授，至少要十年八年的時間，那是沒有可能的事——現代人很少有可能花那麼長的時間去練功夫。但是只授一些招數，如拳法、刀法、劍法之類，卻不必花多少時間，溫寶裕仗着人聰明，記性好，學起來就很快。

溫寶裕這時，在苗人面前使出的這套刀法，就是白老大所授的一套快刀法。這套刀法是白老大中年時所創，他自詡這套快刀法的特點是一招未老，一招又生，招招連環，綿綿不絕，在古今中外的快刀法中，排名應該是第二，僅次於胡家快刀法，但由於胡家快刀法，自胡斐（飛狐）之後，經已失傳，所以實際上，也就是第一了。

溫寶裕一點武功基礎也沒有，況且這時，宿醉未醒，腳步輕浮。可是年紀輕，畢竟身手還靈活。再加上這套刀法的招式，確有過人之處，溫寶裕使來，雖然亂七八糟，若是白老大在場，說不定會氣得吐血，但是那種招式上的花巧，看在苗人眼中，已是眼花撩亂——苗人用刀，實牙實齒，講究的是實際效用，哪有那麼多的花樣？

再加上刀確然是好刀，一經揮動，在陽光之下，耀目生輝，蕩起一道又一道的精光，一時之間，把所有的人，都看得目瞪口呆。

只有十二天官，是在武功上有真材實學的，看出溫寶裕所練的刀法，人刀配合，雖然好看之極，可是腳步虛浮，大違武學之道，只怕真和人動起手來，不堪一擊。可是十二人互望了一眼，卻誰也沒有出聲。他們倒並不是為溫寶裕隱瞞什麼，而是一樣的心思：只怕那是更高深的武術，他們聽說過中原武術之中，專有揀醉字着手的，例如醉八仙拳之類，十分高深，只怕溫寶裕的刀法，也屬於這一類，他們自然不敢妄加評論。

溫寶裕把一套刀法耍完，面紅氣喘，而且還有老大的汗珠沁出來，可是那絕無礙於全峒苗人對他的欣賞，熱烈的呼叫聲，持續了好久，從各人的眼光之中，溫寶裕感到自己所受到的尊敬程度，他也感到了異樣的興奮。

這時，有幾個老婦人拿了食物和酒來，由峒主和十二天官相陪，再加上那八個攀山好手，席地而坐，又吃喝起來。溫寶裕知道自己要長途跋涉，他倒不敢再喝酒，所以神智相當清醒。他又想起了昨天晚上，一直襲上他心頭的疑問。

他把這個問題，向峒主提了出來：「既然全峒上下，那麼希望把另一個月亮從邪惡的勢力中解救出來，何以不採取行動？」

他一問出口，峒主就現出了相當尷尬的神情，他先並不回答，而向其餘各人重覆了溫寶裕的問題，所有的人，都現出了同樣的神情。

溫寶裕鑒貌辨色，剛想到苗人一定有難言之隱，自己不適宜再追問下去，峒主已長嘆一聲：「我們曾有過行動，可是一次也未曾成功過。」

溫寶裕呆了一呆：「失敗到什麼程度？」

峒主又嘆了一聲：「一點結果也沒有，上山的人，根本找不到另一個月亮在什麼地方。」

溫寶裕揚了揚眉：「他們都安然回來了？」

峒主過了好一會，才回答了這個問題：「是，全回來了，可是……要做的事，根本沒有做成，這對於一個勇士來說，一樣是致命的打擊……所以，這種情形發生得多了，就沒有人再敢嘗試了。」

溫寶裕當時，心情十分輕鬆，他知道，苗人勇士，在無功而退之後，一定把自己的失敗，看得十分嚴重，多半自怨自艾，從此之後，意志消沉，極有可能也失去了眾人對他的尊敬，這種情形，有時甚至比死亡還可怕，自然次數多了，就再也沒人敢試了。可是他卻全然沒有這樣的心理負擔，就算真找不到，也沒有什麼大不了。

當然，他又想到，如果自己找不到那一個月亮，也就是未能通過「盤天梯」，事情不免也大是糟糕，但總比苗人的處境要好些。

至於後來，他又知道，苗人勇士有一重心理負擔——他們覺得自己向邪惡挑戰而失敗之後，等於是邪惡勝利，邪惡在勝利之後，必然附身作祟。由於他們深信會有這種情形發生，自己嚇自己，哪有不自此之後，意志消沉的？

自然，那又是日後的事了。

飽餐之後，那八個攀山好手，也推出了一個領頭人，領頭人向溫寶裕指手劃腳，說了一大堆話，溫寶裕聽懂的，不足一成，幸好峒主還在，就全替他傳譯了。原來那人要溫寶裕稍等，他要去準備攀山越嶺所需的一些裝備。同時，也向溫寶裕表示了他們的信心——他們一樣怕無功而退，自己不敢單獨去，但有了溫寶裕這個「上天派來的勇士」帶領，他們自然也勇氣百倍。

在出發之前，又有一些儀式，所以，真正出發的時候，已經是下午時分了。

溫寶裕雖然說是身負重任，可是他卻十分輕鬆——所有的裝備，全由那八個苗人負責揹負，甚至還有一乘軟兜，供他乘坐，但是被溫寶裕堅決拒絕，就算一樣是步行，溫寶裕身上，除了那柄利刀之外，沒有別的東西，自然也輕鬆得多。

溫寶裕本就知道自己的體力和那八個苗人相去甚遠，一上了路，那八個苗人，每人負重至少在三十公斤之上，可是真正健步如飛，開始，溫寶裕還勉強跟得上，大半小時之後，他就跟不上了，不得已連比帶劃說話：「那月亮在山上許多年了，也不急在一時，我們何必走得那麼快？慢慢走不好嗎？」

開始，那八個苗人面面相覷，根本不知道溫寶裕在說些什麼，因為溫寶裕覺得他們走得快，可是在他們來說，只是用正常的速度在走路，所以不容易明白。當然，最後還是明白了，他們對溫寶裕十分尊敬，並沒有輕視之意，也故意放慢了腳步，可是習慣成自然，走着走着，又自然快了起來，溫寶裕一追不上，就大聲吆喝。

這樣走走停停，到了夕陽西下時分，才走出了十來里，溫寶裕又要欣賞夕陽的景色，向着那八個苗人，說了一大串景色壯麗的讚美話。

別說那八個苗人根本聽不懂他文謅謅的話，就算聽懂了，也必然瞠目不知所以，不知道他們從小看到大的日出日落有什麼特別之處。

但他們還是十分恭敬地聽着，不敢對溫寶裕有什麼不滿的表示。

天色入黑，他們在一個碧水潭旁紮營，苗人的「營帳」，就地取材，八個人用苗刀砍下樹枝，搭成了架子，再鋪上一種極大的植物葉子（溫寶裕叫不出名字來），然後，燃着了篝火，有兩個把削尖了的樹枝，在那水潭之中，叉上了不少魚來，他們只揀一種灰色的，如鰻而略扁的魚來烤，別的魚都扔回潭中。

那種不知名的魚，烤起來十分香，苗人又隨身帶着鹽塊——在苗疆，鹽是十分名貴的東西，八個人在魚烤熟了之後，各自取出鹽塊來，都先雙手奉上，由溫寶裕先用。

溫寶裕總算早在藍絲處知道了一些苗人的習慣，所以他在每個人的手中，都接過鹽塊來，用苗刀刮下少許，再把鹽塊還給人，就用削下來的鹽來調味，那魚竟然沒有小骨，入口香滑豐腴之極，吃了個飽，又有苗人燃着了草把，在營帳裏外薰着，那草把發出辛辣之極的濃煙——薰了一遍之後，可以防止毒蟲的侵襲。

溫寶裕睡得十分酣暢，第二天一早醒來，苗人早已烤熟了一隻小鹿，溫寶裕感到自己不是在「盤天梯」，簡直如同帝王出巡一樣——這時，他心中至少有一百次以上，怪我大驚小怪，盤天梯而已，有什麼大不了，還不是輕鬆得很！

像他這樣趕路法，一直到三天之後，才翻過了兩個山頭，到了那座高峰之下。

臨近來看那座高峰，才知道那山峰真正險峻無比，仰頭看去，根本看不到峰頂，溫寶裕找了一個比較平坦的所在，索性仰躺了下來，可是仍然看不到峰頂，一層一層的雲帶，遮住了視線。

三五天下來，溫寶裕的「布努」大有進步，他問：「你們之中，誰曾攀過這個山峰？」

八個人聽了，一起搖頭，溫寶裕又問：「你們既然全是攀山的好手，怎麼會不來試一試？」

這個問題比較複雜，溫寶裕解釋了半天，那八個苗人還是沒有聽懂。溫寶裕考慮到，苗人就算聽懂了，回答了他的問題，他也不可能聽得懂，所以就放棄了不再問。

他們開始攀登這個山峰，是在那一天的中午時分。

登峰的過程，出乎意料之外的順利，溫寶裕估計，就算登到峰頂，有四五天也差不多了，而傳說，月亮是在「半山腰」的，那麼，兩三天工夫，就可以有結果了。

當晚，在酒醉飯飽之後，溫寶裕宿在一個由隨從苗人替他打掃乾淨的山洞之中。

第二天，情形未變，那一天天氣十分好，視野十分良好，向上看去，插天高峰，巍巍高聳，壯觀之極。

當晚又在山洞中住宿，溫寶裕開始考慮自己應該如何開始行動。上了山峰之後，他完全明白藍家峒的苗人，何以在多次尋找「月亮」的過程中會失敗了。因為山峰上，大大小小的山洞極多，而且大部分地方，全是衍生的蔓藤，盤虬極密，只怕亙古以來，未有任何力量敢向它們挑戰。

就算明知道目的地在哪一個高度，想要尋找，也不是易事，何況只是籠統的「半山腰」，更何況要找的是什麼東西也不知道！

苗人堅信那是「另一個月亮」，溫寶裕自然知道並無可能。可是以他天馬行空的想像力來說，他也無法想出那是什麼東西來。

溫寶裕當時想不出來，但看這個故事的朋友，當然早已知道，被苗人認為是「另一個月亮」的東西，就是杜令的同類放在那個山洞之中的「宇宙定位儀」了，這一點，早已寫過，所以並無懸疑。

外星人曾多次不定期使用這宇宙定位儀，每次使用的時候，定位儀可能都會離開山洞，它既然是一個「發光的球體」，那麼，在黑暗之中突然出現，被苗人認為是「另一個月亮」，也是十分自然的事！

苗人既然認定了那發光的球體是「另一個月亮」，自然也覺得這個月亮應該和那個月亮一樣，每天晚上都出現，有圓有缺。可是「另一個月亮」全然沒有那樣的規律，苗人不明白其中的原因，只好運用自己的豐富想像力去充實它，於是久而久之，就有了「月亮受邪惡勢力禁錮」的說法，解救月亮，也成了勇士們的責任。

可是，勇士們登上了山巒，根本找不到那個山洞，自然個個都無功而還，就像這時的溫寶裕一樣，雖然一鼓作氣上了山。可是「半山腰」的範圍十分之大，溫寶裕連自己要找的是什麼都不知道，他當晚在山洞之中，尋思了一番之後，已經決定了要「長期抗戰」，反正山上有的是野果飛禽，山溪中有魚，還有各種各樣的走獸，山洞可供棲身，就算找上一年半載，也沒有問題。

溫寶裕為人十分樂觀，什麼事總向好的方面去想，這樣的人生態度有好有不好。好的是不把困難當作一回事，勇往直前，自然成功的機會也大。壞的是沒有把困難的成分作正確的估計，在困難面前，也就比較容易敗下陣來。

溫寶裕那一夜的思索，完全照他個人的思想方法進行，根本沒有人可以和他商量——那八個苗人為了尊敬他，並不和他睡在一個山洞之中。

他抱着樂觀的希望，希望他在尋找期間，那「另一個月亮」會忽然出現一次，那麼就容易得多了，知道了它的所在，自然容易解決。

就算不出現，他也準備長期尋找——究竟要花多少時間，他也不知道。他只知道決不能幸運到可在十來天的時間中，就有所發現！

他心中着急的只有一件事：他撒下了彌天大謊，騙他的父母，到澳洲找學校去，如果久久不歸，一定會令得他父母拆穿謊言。

據他自己事後說：一想到這一點，他就急得像是熱鍋上的螞蟻一樣，可是卻又無法可想——我當然不相信他真的會急成那樣，他說得誇張些，是因為他知道他的父母曾找上門來，給我造成了很大的不便，好讓我同情他！

溫寶裕決定「長期抗戰」，自然是他的不當，後來我曾狠狠地責備他，他反倒撒賴：「那我應該怎麼辦呢？」

這一次，連白素也說他的不是：「你在知道了事情決非短時間可以完成之後，應該先下山，設法把情形通知我們，然後再上山去做野人！」

溫寶裕低頭想了一會，才道：「是，我不對，我向每一個人道歉！」

這些，又全是後話——這個故事，在敘述的過程之中，有許多「後話」，大家一定已經注意到了，這自然是寫故事的一種形式。

或者有人會說：有那麼多「後話」，肯定了溫寶裕在山上沒有死沒有傷，大大減少了驚險的成分。驚險自然會有的，但就算沒有「後話」，對溫寶裕在山上的情形，用懸疑的方式去寫，又有誰會相信溫寶裕會死在苗疆呢？還不如不要這種明知不會發生的懸疑，更來得趣味盎然些。

那一晚，溫寶裕翻來覆去，想了很久，自然，也難免想到了藍絲，他想到能和藍絲在這種世外桃源一樣的環境中一起生活，不禁大是神往，步出了山洞，向苗人要了一竹筒酒，自斟自飲，居然喝了個精光，折騰到天快亮時才睡着覺，在將睡未睡之際，只覺得洞外起了山風，風聲十分勁疾，簡直猶如萬馬奔騰一樣。

由於那八個苗人十分有經驗，所選擇的山洞，洞口背風，所以風勢再烈，也捲不進山洞來，只是在洞口盤旋打轉，激起轟轟烈烈的聲響。

溫寶裕酒意湧了上來，再加上實在疲倦之極，那轟烈的風聲，反倒成了最好的安眠聲，他在矇矓之間，只覺得那八個苗人，像是進洞來看過他，然後，他就在風聲之中，沉沉入睡，進入了黑甜鄉。

他真是睡得極沉，苗人釀的酒，香甜容易入口，可是酒精含量相當高，容易使人醉——這種情形，是所謂「後勁」強。

溫寶裕不擅喝酒（小孩子，喝什麼酒！），可是由於他的遭遇奇特之極（想像一下，他忽然置身苗疆，腰佩苗刀，盤其天梯，身負解救一個月亮的重任，這種遭遇，怕只有卡通片中的人物才遇得到！），所以他一時感慨，就自然而然，喝起酒來。

之所以詳細說他當晚喝了酒，是因為如果他不是喝了酒，當晚睡得如此之沉酣，可能以後事態的發展，全然不同之故。

溫寶裕不知道自己睡了多久，才醒了過來，在他還沒有睜開眼來時，先轉了一個身，口中發出了一下入睡之後自然而然所發出來的聲響。就在這時候，他已經知道不很對頭了！

他宿在山洞之中，是選擇了一處平坦之處，鋪上苗人帶來的一種草墊，那種草墊雖然不是很柔軟，可是躺在上面，也相當舒服，而且，在轉身的時候，也不會發出什麼聲響來。

可是，這時，他一轉身，竟是一陣「悉索」之聲。而且，手碰到的，絕不是草墊。溫寶裕在睜開眼來之前，還咕噥了一句：「搞什麼花樣？」

溫寶裕在這樣說的時候，還以為是陪他上山來的那八個苗人，不知又出了什麼花樣，他一面說，一面睜開眼來，首先看到的，是一雙又圓又大的眼睛，那雙眼睛映出一種墨綠色的眼光，如鬼似魅，正和他的距離十分近，看樣子，正在目光灼灼，盯着他看！

好端端一覺睡醒，陡然發覺有這樣的一雙眼睛在近距離盯着他看，這份吃驚，程度如何，可想而知。溫寶裕的反應是，什麼動作也沒有，只是陡然張口，大叫了一聲！

這一聲大叫之後，雖然他在極度的驚惶之中，但是也可以知道，自己已不在昨晚的那個山洞之中了——昨晚的山洞，有很強烈的回音，他大聲嘆息，也有好幾下回音反震出來。可是這時他一聲大喝，卻沒有回音。

而隨着他的那聲大喝，那一雙眼睛，以極快的速度，退了開去，約莫離開了兩公尺左右。

「一雙眼睛向後退開去」的說法，當然不是十分正確，因為一雙眼睛無法單獨存在，必然屬於一個什麼樣的頭部，而頭部又必然和一個什麼樣的身體聯在一起。可是溫寶裕在看到了那雙眼睛之後，由於情形實在太詭異了，他驚叫一下之後，視線仍然停在那一雙眼睛之上，根本沒有去注意那樣的一雙眼睛，是屬於什麼身體所有！

溫寶裕那時，思想紊亂之極，我給他說的種種在苗疆可能發生的可怕的事，全都湧上了他的腦海，令得他全然不知所措。幸而，他一叫，那雙眼睛就退了開去，這使他感到，叫喊有點用處，所以，他再發出了一下大叫聲，比上次更大聲。

可是這一次，他的叫喊，卻沒有什麼效用，眼睛仍然在原來的地方。

溫寶裕在這時，也開始看清楚，那雙眼睛屬於什麼樣的頭部，而頭部又和什麼樣的身體聯在一起的了。

這小子，後來在向我們敘述經過時，倒並不掩飾他心中的驚慌，可是他居然這樣的譏笑我：「你在對我說苗疆的凶險時，只說什麼毒蟲毒蛇，可是我那時見到的，簡直叫人魂飛魄散，因為根本不知道那是什麼！」

在他向我敍述的時候，我也看到了那個「根本不知是什麼」，所以倒並不責怪他，反倒很佩服他那時的鎮定，因為根據他的敍述，他當時的處境，實在是凶險絕倫，稍一驚惶失措，他這個人，必然從此消失在這個崇山峻嶺之中，屍骨無存了！

當下，溫寶裕看到的，是那雙眼睛，屬於一個類似人頭，有着又亂又長、打着結的深棕色的毛髮，高鼻，可是連鼻的兩旁，也有着同色長毛的臉，那臉還有一張十分闊的闊口。

照說，一看到了這樣的一張臉，首先想到的應該是：那是一頭猿猴。

可是，那又不是猿猴，猿猴不會有那樣的一張口唇絕不厚的闊口。

那麼，無疑是人了？

可是那是什麼樣的人呢？溫寶裕接着，又看到了和這個頭部聯結的身體，身體也全是長毛，單看身體，可以說是猿猴，可是這生物的身體上，卻又套着一件十分殘破的裙子，正是苗人女性普遍的穿著物。

山中的猿猴，或許十分善於摹仿人類的行為，但眼前這個生物，既然不能歸入猿類，又套着裙子，那麼，應該算是什麼呢？

溫寶裕只覺得怪異莫名，他自然而然，又發出了第三下呼叫聲，這時，他只希望自己的呼叫聲，能將那八個苗人引了來，可是，他第三下的呼叫聲，卻只引得那生物張開了闊嘴，向他笑了一下。

第十二部

一隻圓球

雖然那種笑容難看之極，可是溫寶裕卻可以肯定，那是笑容——這又令他放心不少，若是那生物對他有惡意，不會向他笑。雖然世上有的是笑裏藏刀的奸惡之徒，但是溫寶裕也不認為在這種荒山野嶺處，會有這樣奸惡的人。

這時，他已進一步看清楚，眼前的這個生物，既不是人，也不是猿，只是半人半猿，他的常識十分豐富，立即想到，那可能是山野之中的野人，或是被稱為山魈之類的一種生物——是傳說中的山魈，而不是真正的山魈。

而在這時，他也弄清楚了自己所在的環境，確然已不在昨晚的那個山洞之中，而是在一個相當大的，由樹枝搭成的籠子，應該說是一個用樹枝搭成的大巢之中，那半人半猿的生物，這時正縮在巢的一角，目光灼灼，一直望着他，雙手不住搓着，看來像是牠比溫寶裕更着急，更不知所措。

後來，當溫寶裕講述經過，我聽得他講到這裏時，不禁「哈哈」大笑，拍着手：「小寶，有這種怪異遭遇的，你並不是第一人。」

溫寶裕哭喪着臉：「我知道，我看過一些筆記，也知道曾經有一些人，和我有相同的經歷，當時，我一想到這些筆記中所記載的事，更是魂飛魄散。」

當時，聽溫寶裕敘述這段經過的聽眾不少，人人都嘻哈絕倒，笑聲遍屋，溫寶裕也並不惱怒，只是連聲道：「你們真會幸災樂禍。」

大家都笑，是因為都知道我所說的不是只有他一個人有這樣的經歷，和他所說的他在一些筆記文學中看到過的記載，是怎麼一回事之故。

在不少筆記文學之中，都有記載着文明人被半人半猿的生物，擄進深山去的記載，或是女性被雄性的半人猿擄走，或是男性被雌性的半人猿擄走，在深山野嶺之中，長期生活，且有誕生了下一代的——在筆記中看來，下一代倒全是正常的人（有時體毛會多一些），且有事業有成，或當了大官的例子。

溫寶裕說那個半人半猿的生物，身上套着一條苗人婦女所穿的裙子，那自然是雌性的了。溫寶裕想到了這一點時，自然不免魂飛魄散，但是事過境遷，當他說起這段經歷時，聽的人想起他當時處境之奇詭滑稽，都實在沒有法子忍得住笑。

良辰美景笑得氣都喘不過來，一面笑，一面還在調侃溫寶裕：「不得了，做不成苗峒峒主了，小寶叫女野人招了去做女婿。」

這兩個女孩子，膽子大，說話沒有顧忌，說着笑着，又互望了一眼，笑得更歡：「不知道溫勇士那天晚上，有沒有酒後失身？」

溫寶裕俊臉漲得通紅，看他的樣子，像是很想分辨幾句，可是我和白素，同時向他使了一個眼色，示意他不要出聲，因為在這樣的情形下，他是絕對說不過良辰美景的，而且失不失身，這種問題，也不是說笑的題材，不適宜繼續討論。

所以，溫寶裕沒出聲，良辰美景也立即自知失言，伸了伸舌頭：「那女野人倒怪可憐的，若是她擄了一個苗人來，只怕結果會好得多。」

溫寶裕一瞪眼：「你們怎麼知道那……是一個女野人？」

良辰美景道：「還會是什麼？」

溫寶裕沉默了片刻，忽然嘆了一聲：「我真不知道……是什麼？」

他說到這裏，向我和白素望來。我和白素，也搖了搖頭。因為我們也不知道那生物應該算是什麼——關於我和白素見到了那生物之後，另外有一些事發生，會逐步記述出來，老實說，這可以說是生物學上最大的發現，靈長類的生物之中，竟然還有這樣不為人知的新品種，那可以說是轟動全世界，必然成為本世紀最大的新聞。

為了這個生物，我和白素，曾有過一次不大不小的意見分歧——放在後面再說。

卻說當時，溫寶裕勉力鎮定心神，一方面，對那個和他相距只不過兩公尺，目光灼灼盯着他看的「女野人」，他要心存戒備，因為他不知道對方會把他怎樣。

溫寶裕對那個無以名之的生物，是以怪物目之的，但後來，他倒接受了良辰美景對這個生物的稱謂：女野人。這雖然不是一個百分之百正確的稱謂，可是也算是十分貼切了。

溫寶裕一面防備女野人會有什麼襲擊的動作，一方面打量自己處身的環境——他覺得處境十分不妙，所以自然而然想到的是：應該盡快離開，要離開，自然非要看清楚自身的環境不可。

他四下一打量，不禁心中一迭聲地叫苦。

這個「巢」，顯然是那女野人的住所，溫寶裕這時，已經坐起身來，他是坐在鋪在「巢」的底部的一堆乾草之上，那種乾草，有一種相當好聞的草香味。

整個「巢」，勉強可以看成是一間房間，面積大約有十平方公尺，也有一扇似門非門的東西，這時正打開着，所以，溫寶裕可以看到，「巢」是建在一株巨大的大樹之上，利用了天然的樹枝，作為「巢」的四根柱子，這是十分聰明的選擇，可以保證「巢」的堅固和安全。

令得溫寶裕叫苦的是，那株大樹，足有一人合抱粗細，卻是長在一片直上直下的峭壁之上，溫寶裕向外看出去，只見壁立千仞，只怕連飛鳥也難渡。除了這個女野人之外，只怕苗人再善於攀山，也到不了這裏。

溫寶裕也自然而然想到，自己之所以會處身在這樣尷尬而古怪莫名的境地之中，必然是在天還未亮之際，酒意正酣之時，那女野人闖進山洞來，把他帶走的——那女野人竟能帶着他在絕壁陡崖上行進，當時幸好醉得不省人事，若是有知覺，只怕嚇也嚇死了。

溫寶裕平日何等聰明伶俐，機智百出，可是在這樣的情形下，他也是一籌莫展。但是他總算在極度的慌亂之中，定過神來。雖然各種各樣的古怪想法，例如筆記小說中被野人擄去的故事，一起襲上了他的心頭，令得他心急如焚，但是他卻肯定了一點，暫時，那女野人對他，並沒有惡意，而他也絕不能得罪那女野人。

所以，他不再大叫，還大着膽子，伸手向那女野人，指了一指，用他所學來的「布努」問：「你……是什麼……人？」

他本來想問「你是什麼怪物」的，可是當時他看得久了，覺得對方雖然遍體是毛，但是樣子，實在是像人多過像猿，所以才改了問題。

他一開口，那女野人十分興奮，動作快絕，一下子就來到了他的身前，溫寶裕根本未曾看清她是如何移動身體的，忽然就到了他才睜開眼來的近距離，而且，女野人的目光，也似乎更明亮。

溫寶裕沉住了氣，又把他的問題，重複了一遍。女野人的喉際，發出了一陣聲響，聽來像是努力想重覆溫寶裕說過的話，可是卻不成功。

溫寶裕這時，不但肯定對方沒有惡意，而且還十分同情這女野人，他嘆了一聲：「你不能說話？」

女野人模仿不成溫寶裕的話，可是卻成功地學了溫寶裕的那一下嘆息聲，然後，又咧着闊嘴，向溫寶裕笑了一下，忽然又退了開去，倏來倏去，快捷之至，伸手到巢外，抓了一下，又縮了回來，手中已多了一條不知是什麼走獸的腿。

那是一條風乾了的獸腿，女野人隨手一撕，就撕下了一大塊來，拋向溫寶裕。

看到女野人的手勁，竟然如此之強，溫寶裕又不由自主，打了一個哆嗦。他接住了那塊腿肉，居然十分香，而且風臘得恰到好處，大可以效意大利風乾火腿一樣生吃，只差在沒有蜜瓜作伴而已。

溫寶裕看到女野人已經在大嚼，他也咬了一口，令他大奇的是，乾肉有鹽味，可知眼前的生物，大有智慧。

溫寶裕這時，除了處境尷尬之外，他也知道，自己有了生物學上的絕大發現。

而且，他也更加鎮定，對方既然有一定的智慧，那麼，就可以在有了溝通之後，請對方把自己帶出去，至少，放回原來的山洞。

溫寶裕也想到，那八個苗人忽然不見了自己，一定焦急之極了。

他沒有料錯，那八個苗人，在洞口久等，不見溫寶裕出來，大着膽子進洞來一看，不見了溫寶裕，簡直是魂飛魄散，他們大聲呼叫，在附近尋找了一會，也不見溫寶裕的蹤影——那時，溫寶裕被女野人帶到了至少三十公里之外。

八個苗人急得團團亂轉，幾乎沒有跳崖自盡，緊急趕回藍家峒去報告。峒主和十二天官一聽溫寶裕失了蹤，也都傻了眼，一面派更多的人進山去找，一面用最快的方法，通知在千里之外的藍絲。

還記得藍絲曾經給過溫寶裕一種藍色的甲蟲嗎？這種甲蟲，在經過降頭術的處理之後，被稱作「引路神蟲」。

峒主通知藍絲，召藍絲盡快來到，就是利用了這種甲蟲去達到目的。

別說那個女野人，就單是這種甲蟲，就已經是生物學上的奇蹟了。這種甲蟲，有着驚人的記憶力，比信鴿更強，能憑藉它的本能來認路，而且飛行的速度極快。

當藍絲忽然看到引路的神蟲飛來，停在手背上的時候，知道藍家峒一定出了非常的事故。而且她知道溫寶裕這上下，應該在藍家峒之中，所以她也可以料到是溫寶裕出了事，她這一急，真是非同小可，立時向她的師父猜王稟明，急赴藍家峒去。

這是我們想到和藍絲聯絡的前一天的事，結果，那次我仍只聯絡到了猜王降頭師。我們也可以知道，藍絲走得那麼匆忙，是溫寶裕出了事。

可是溫寶裕究竟出了什麼事，在當時，無論想像力多麼豐富，也決然想不到，他竟會和一個女野人在一起，處身於懸崖絕壁之上！

當時，溫寶裕居然把那一塊腿肉，吞了個乾乾淨淨，女野人又伸手向外，抓了一條不知是什麼物體，看來是一條風乾了的大蜈蚣，向溫寶裕揚了一揚，嚇得溫寶裕雙手亂搖，叫：「不要！」女野人側着頭，看了溫寶裕一會，像是明白了他的意思，並不勉強，只是自己把那條大蜈蚣放在口中，津津有味地嚼着。

溫寶裕和那個女野人在一起的那些日子裏，所發生的一些事，我只好長話短說。雖然那是一段有趣、奇特之極的經歷——連我也未曾有過這樣的經歷，但是如果真要把所有的細節全寫出來，所佔的篇幅，未免太多。

我曾建議溫寶裕動筆，把這一段日子中，他和女野人在一起的情形，詳細記述出來，那一定開所有記述故事前所未有之奇，說不定比任何一個衛斯理故事，都要精彩有趣得多。

溫寶裕當時，也一口答應，但是後來，卻遲遲沒有動筆。後來，我追問過他幾次，他的回答是：女野人的故事還沒有完，等完了再寫！

那自然是推搪的話。誠然，女野人的故事沒有完，但只要人不死，自然就沒有完的時候，莫非要等到女野人死了之後再寫？

我心知他一定另有原因，但是他不說，我也懶得問他，反正在我的這個故事之中，沒有可能把這段經過說得十分詳細的。

當時，溫寶裕考慮自己的處境，知道焦急也沒有用，只有盡量設法和女野人溝通，他看出女野人對學說話十分有興趣，可是發出的聲音，卻又難聽之極，於是他就教女野人發出各種各樣的聲音，女野人學得十分起勁，每當發出來的聲音和溫寶裕教她的差不多了，她就高興得手舞足蹈，在「巢」中亂蹦亂跳，甚至用力去搖當作柱子的樹枝。

每當女野人這樣做的時候，整個「巢」就來回晃動，樹枝也格格作響，像是隨時可以散跌開來一樣，想起下臨萬仞峭壁，溫寶裕也不知出了多少冷汗，他大聲叫着：「不要！不要！」

一面叫，一面做着手勢，這樣七八次下來，女野人居然懂了，溫寶裕一叫「不要」，女野人就立時停了下來，一面學着説，一面目光灼灼，望着溫寶裕。

女野人的眼睛又圓又大，目光又亮，開始的時候，一被她注視，溫寶裕就不禁心中發毛，後來比較習慣了些，看出女野人實在沒有什麼惡意。而且女野人懂得了「不要」的意思之後，總算好説話得多了。

有一次，溫寶裕走向「門口」，表示要出去，可是女野人卻堵在門口，不讓溫寶裕出去，溫寶裕大聲叫：「不要！不要！」

女野人發出了一下吼叫聲，一轉身，向前躍出，一下子就躍到了三公尺之外、突出在峭壁上的一塊岩石上，然後手腳並用，向上攀了上去，當真是捷逾猿猴。溫寶裕呆了半晌，長嘆一聲，自度沒有這個本領，也沒有這個勇氣，所以只好留在「巢」中。

這一次——女野人回來的時候，帶來了許多清香撲鼻，有的甜，有的酸的果子，給溫寶裕吃，在溫寶裕吃的時候，女野人堵住門口，伸長了手臂——用意再明顯沒有：不准溫寶裕離去！

溫寶裕心中，連珠般叫苦：他來苗疆，本來是準備和花容月貌、千嬌百媚的藍絲姑娘，甜甜蜜蜜相處的，卻不料被一個渾身長毛的女野人抓了來，禁錮在萬丈峭壁之上！雖然女野人有時離開，而且離開的時間頗長，可是溫寶裕打量環境，始終無法也不敢自己離開，就算他有着全副最先進的攀山工具，他也不敢離開！

後來，知道女野人的「巢」，是築在那高峰的背面的一片峭壁之上，直上直下的岩壁，高達兩百公尺以上，還有許多細小的瀑布在，使得山壁滑溜之極，也只有女野人這種生物，才能上下自如！

那時，藍絲已到了藍家峒，整個藍家峒，陷入了愁雲慘霧之中，派出去搜尋的人，一隊回來，一隊又去，一點結果也沒有，藍絲自己也進了山，可是在深山野嶺中找人，並不是藍絲的專長。

這時，十二天官和峒主，後悔欲絕——他們絕想不到溫寶裕會失蹤，不然，只要把一對引路神蟲的一隻，交給溫寶裕，再放出另一隻，神蟲就會飛向溫寶裕，一下子就可以找到溫寶裕了！

不過，世事有時十分難說，那時他們後悔沒有這樣做，後來卻又慶幸沒有這樣做。因為若是這樣做了，跟着神蟲去找，一到了那片峭壁之前，蟲可以飛得過去，人如何過得去？

若是硬要過去，只怕十二天官、藍絲和峒主，都得葬身在萬丈峭壁之下！

在這期間，有好幾次，女野人在「巢」的一角，睡得十分沉，溫寶裕身邊的那柄苗刀還在，他心知一刀砍下去，多半可以把女野人殺死，可是他也知道，女野人若是死了，自己只怕一輩子也離不開這裏！

唯一離開這裏的方法，就是要女野人帶他出去！

可是，女野人雖然懂得了「不要」和另外一些單詞的意思，但進一步的溝通，還是大有困難。而且，溫寶裕漸漸發現，女野人根本知道他想離開，只是不准他離開而已！

這更令得溫寶裕大是愁急，心想論處境之糟糕，他可以說是全世界之最了，面對這女野人，既不能力敵，又不能智取，完全沒做手腳處！

所以，有好多次，溫寶裕暴躁起來，也在「巢」中又叫又跳，對着女野人戟指大罵，女野人在這時候，總是睜着又圓又大的眼睛望着他，然後，跳躍如飛離去，回來的時候，總有些新鮮的東西，帶來給他，有一次，甚至是一竹筒酒——分明是附近苗峒偷來的！

那倒令溫寶裕十分感動，因為像女野人這樣的怪物，如果被苗人捉住了，必然不會有好結果的！那對女野人來說，是危險之極的行為！

所以，儘管溫寶裕這時十分需要酒，在才一到手之際，簡直有如獲至寶的感覺，為了怕女野人再去涉險，他還是拍着竹筒，大聲叫道：「不要！」

他一揮手，把那一竹筒酒，向「巢」外直拋了出去，同時，卻也不免「嘓嘟」一聲，吞了一口口水。

一竹筒酒拋了出去，根本沒有希望聽到它落地的聲音，溫寶裕雖拋過不少東西出去，一拋出去，就像是消失在空氣之中一樣，再也沒有下文。

女野人像是明白了溫寶裕的行動，是出自關懷，所以向他望來的時候，綠黝黝的眼光之中，竟然大有感激之意，令溫寶裕更是啼笑皆非。

女野人的行動，毫無疑問，是在討溫寶裕的歡心，可是溫寶裕在這樣的情形之下，實在無法開心，發脾氣的次數，也愈來愈多。

一次他大發脾氣之後，抽出苗刀來，砍去了不少搭「巢」的樹枝，女野人望着鋒利之極，揮動時精光閃閃的苗刀，雖然臉上長毛遮蓋，可是也明顯可以看出有十分驚恐的神情。

在發出了一連串的吼叫聲之後，女野人又離去，這一次，去的時間相當久，到後來，溫寶裕甚至害怕女野人就此一去不回，那麼他連唯一離開的希望都沒有了！

可是，女野人終於回來了，當他聽到女野人的吼叫聲，自遠而近傳來時，他甚至有一股親切之感。女野人一躍進「巢」，把一件東西，交給了溫寶裕，溫寶裕一看之下，一時之間，幾乎不能相信自己的眼睛！

那是一大片不規則的有機玻璃，質地極好，透明度十分高，溫寶裕拿在手中，發了半晌呆，知道一定有極古怪的事發生過，可是隨他怎麼問，女野人也發出不少聲音，就是弄不明白。

溫寶裕發起急來，指着女野人又罵了一頓，女野人卻看出溫寶裕喜歡這塊有機玻璃，發出了連連的歡嘯聲，又跳躍而去。

這一次去的時間也相當長，回來的時候，帶給溫寶裕的東西，更叫溫寶裕看了目瞪口呆，宛若置身於魔幻世界之中！

那是一隻直徑約有五十公分的渾圓球體，份量並不重，看不出是什麼材料，半透明，像是有光發出來，可是又不然，在球體之內，隱隱可見有許多黑色的細絲，饒是溫寶裕見多識廣，也不知道那是什麼東西！

溫寶裕一再追問女野人東西是哪裏弄來的，女野人伸手指着峭壁上面。溫寶裕總算叫女野人明白，他想到那個地方去，可是女野人居然口吐人言：「不要！」

溫寶裕那時，心情之驚疑焦慮，可想而知！

而女野人弄了來給溫寶裕，討溫寶裕歡心的那個圓球，自然就是在杜令同類的那個基地之內找來的了。女野人滿山亂竄，發現了石縫，扯斷了藤蔓，走了進去，洞中的一切，對女野人來說，自然陌生之極，她第一次，只是隨便扳下了眾多罩子中的一個，把一片有機玻璃帶給了溫寶裕，看到溫寶裕喜歡，就再次去，別的搬不動，也都沒有這個隱隱泛着光芒的圓球好玩。女野人把這個圓球帶走給溫寶裕，實在是再自然不過的事！

後來，杜令知道了這種情形，也不禁啞然失笑：「真想不到是這樣，我還以為是人類破壞的天性所造成的！」

在他發現宇宙定位儀失蹤時，我從他的神情上，知道他心中在想些什麼，所以狠狠地給了他一個白眼，杜令縮了縮頭，不敢有什麼別的反應。

好了，事態發展到這裏，接下來，會發生什麼變化，幾乎是必然的了！

在峭壁的一株大樹上，有一個「巢」，「巢」之中，有女野人和溫寶裕，和那個宇宙定位儀。

當杜令在那個山洞中操作時，定位儀便會發出強烈的光芒。

第十三部

第二個月亮又出現了

我和白素，在直升機上，觀察黑暗之中，是不是有強光透射出來，結果還能是怎樣？當然是我們發現了那個「巢」，發現了溫寶裕和女野人！

發現的經過，也十分驚心動魄，光線測定儀上的指針，忽然亂跳，表示附近有強光，接着，就測到了光線發出的方向，繞過了山峰，直升機的熒光屏上，就出現了一團圓形的光亮，真像是忽然之間，月亮投到了峭壁之上。

我一面操縱着直升機，一面調節着熒光屏，把和光亮的距離拉近，在熒光屏上出現的景象，簡直令我和白素，沒齒難忘！

我們看到，一個人雙手捧着一個圓球，光亮就由這個圓球發出來，這個人的身子，幾乎完全懸空，他是頭下腳上倒懸着的，而他之所以沒有跌下去，是因為一株大樹上，有一個全身是毛，似人非人、似猿非猿的怪物，雙手一起抓住了他的足踝，那怪物的雙腿，盤在一根粗大的樹枝之上，溫寶裕就這樣被這怪物倒提着！

我和白素絕不是大驚小怪的人，可是一看到這種情形，還是忍不住叫了起來：「我的天！」

一開始的時候，我們並沒有認出那個頭下腳上被倒提着的人是溫寶裕，這種景象已經夠令人吃驚了，而立即地，我們就發現那個人竟然是溫寶裕！而另一個非人非猿的怪物，又不知是什麼東西，同時，也看清楚了他們的處境，真是危險之極！

一時之間，我和白素互望着，竟然不知所措——自然，那只是極短時間的事，但是能令得我和白素這樣驚惶失措，也可知道當時的情景是如何驚人了！

白素比我早回復鎮定，她按下了幾個掣鈕，先把直升機艙的門打了開來。我也在這時，向着懸空的溫寶裕大叫：「小寶，堅持下去！」

好在那直升機發出的聲響，不是很大，溫寶裕可以聽到我的叫聲，但這時，由於直升機接近他，機翼的風十分大，令得他的身子，甚至那株樹，也在急速搖晃，更是險象環生，不但溫寶裕在發出毫無意義的叫聲，那個女野人發出的吼叫聲，更是驚心動魄。

接下來的過程，雖然驚險萬狀，但總算順利。我把駕駛直升機的責任交給了白素，在艙門口，一伸手，已抓住了溫寶裕的手臂。

溫寶裕先把那隻圓球，拋了進艙，圓球發出的光芒，相當強烈，令人不能直視。

圓球滾到了機艙的一角，仍然在那裏發光，我知道在山洞中的杜令，一定惟恐它不夠亮，正在加緊操作。

我抱住了溫寶裕，可是那女野人仍然緊抱住溫寶裕的雙腳不放。我向女野人看去，她只是雙眼睜得極大，不住在發出吼叫聲。

這種情形，實在難以長久支持，我大叫：「小寶，叫你的朋友放手！」

溫寶裕在這種情形下，居然還沒有失去幽默感，他啞着聲叫：「我無法指揮這個野人，或許，應該像對付『金剛』一樣！」

電影之中，對付「金剛」，是發射了麻醉針制服的，別說我們沒有麻醉針，就算有，在這種情形下，也不能使用，因為看起來，女野人顯然救了溫寶裕一命，因為若不是女野人抓住了溫寶裕的腳，溫寶裕早已跌下萬丈深淵去，粉身碎骨了！

我努力想把溫寶裕拉進機艙來，可是女野人的氣力十分大，我和女野人爭持，溫寶裕又殺豬也似大叫了起來：「要拉斷了！拉斷了！」

我一生之中，遇到過怪異的事情真不少，可是像如今這樣尷尬的情景，倒真的還是第一次遇到！我又不能放手，可是又不能硬拉，我大聲問：「這怪物，究竟是……什麼東西？」

溫寶裕的回答十分直接：「一個野人，不會説話！你先放手再説！」

這時要我放手，自然十分為難，可是看來，女野人不會害溫寶裕，只有暫時放手再説，我只好鬆開了手，女野人的氣力極大，一下子就把溫寶裕像提小雞一樣地提了起來。我這才看到，在那株大樹之上，有一個「巢」在——女野人一下子將溫寶裕提進了「巢」中。

我失聲叫：「天！究竟發生了什麼事？」

白素的聲音也十分異樣：「看來小寶和那野人在一起不止一天了，希望他能説服野人，讓他離去！」

白素操縱着直升機，飛開了一些，然後再接近那個「巢」，我正準備向溫寶裕「喊話」，溫寶裕卻已探出頭來，向我大叫：「拉我過去！」

我一手抓住了機艙，一手盡量向外伸去，抓住了溫寶裕的手，可是我實在沒有把握，可以在溫寶裕離開「巢」的時候，在直升機蕩起的急風之下，把溫寶裕拉進機艙來！只要一失手，立時就是溫寶裕的殺身之禍！

所以，我和溫寶裕雖然已是雙手緊握，但是我不敢接力，而且情形更糟——由於緊張，我的手心在冒汗，溫寶裕自然也知道他的處境，他也同樣緊張，他的手心，也同樣在冒汗！

在這種情形下，如果我硬要把溫寶裕拉過來，那危險的程度，更是增加十倍以上！

我和溫寶裕都是同樣的心意，所以，我們都鬆開了手，溫寶裕回到了「巢」中，過了一會，他忽然又探出頭來，叫道：「你把機艙的門，盡量開大！」

我一時之間，並不知道他要我這樣做是什麼意思，事後才知道他實在大膽之極——即使在事後想來，我仍然不免心悸！

那時，我照他所說，把機艙門盡量開大，他又叫：「你後退，騰出空間來！」

我遲疑了一下，在這種情形下，實在不容得我多想，我身子一縮，離開了艙門，那時，直升機和那個「巢」的距離，約有一公尺半左右，我才一退，就聽得女野人和溫寶裕同時發出了一下呼叫聲，一大團黑影，已向着機艙門，直撲了過來！

直到這時，我才知道發生了什麼事，我也自然而然，發出了一下驚呼聲。

可是，等我發出了那一下驚呼聲之後，一切都已經發生了，一大團黑影，撲進了機艙——那女野人抱着溫寶裕，一下子就躍過了近兩公尺的距離，躍進了機艙，準確快捷得不可思議！

隨着我的一下驚呼，是白素和溫寶裕的歡呼聲，女野人鬆開了雙臂，一副不知所措的樣子，溫寶裕正在拍着女野人的頭，想令之安心。

女野人的雙眼，睜得極大，身子縮成一團，雙手握住了溫寶裕的手。

這時，要問的事實在太多，反倒什麼也問不出來，溫寶裕抬起頭來，滿面是汗，直到這時，他才知道害怕，聲音也啞了，道：「這才知道什麼是死裏逃生！」

白素先操縱着，關上了機艙的門，才道：「慢慢說，慢慢說！」

的確，從一發現溫寶裕和女野人起，直到這時，我才算是吁出了一口氣來——剛才的那一段時間之中，我真懷疑自己是不是呼吸過！

由於那隻圓球仍然發出相當強烈的光芒，所以小小的直升機艙之中，明亮之至，我和白素，也就自然而然去看那個女野人。女野人也從極度的驚惶之中，鎮定了下來，目光灼灼地回望着我們。

溫寶裕心知我們不知有多少事要問他，他先嘆了一口氣：「一言難盡，這鬼圓球……忽然會發起光來，真嚇死人了，差點沒有——」

他說到這裏，陡然震動了一下，叫了起來：「我明白了，這圓球就是第二個月亮，我成功了！我成功了！」

那時候，我和白素自然都不知道他忽然那樣大叫，是什麼意思——他也是直到驚魂甫定之後，才想到了那個會發出強光的圓球，就是藍家峒苗人所說的「第二個月亮」！

而在我們發現他之前，他根本不知道女野人弄來的這個圓球是什麼東西，他正捧着圓球，在作種種的設想，知道這圓球一定有非同小可的來歷，可是以他的想像力之豐富，也無法作出任何設想。

他在那時，想起了我記述的《天外金球》的故事——一個不到一公尺直徑的圓球之中，有着一個小星球的全體移民，而這個小星球上的高級生物，小得和地球上的細菌一樣！

他正在這樣想的時候，我和白素就在這時，上了直升機，杜令也在那個山洞之中，開始了操作，那圓球突然之間，發出了強烈的光芒來。

那種情形，自然令人驚惶失措，溫寶裕在事後的敍述中說：「我以為那圓球一下子着火了！」

他以為那圓球一下子着了火，第一反應，自然是把圓球拋開去。可是一拋開去之後，他又想到，那圓球十分古怪，值得研究，不能就這樣一拋了事，所以，他又撲向前，去捉住那圓球——在這時候，他忘了自己的處境，一下子撲向前，已撲出了他處身的那個「巢」！

這一下，他自然危險之極，若不是那女野人反應快，動作敏捷，溫寶裕必然連人帶球，跌下萬丈峭壁去了！

女野人的動作快絕，一下子跟着撲出去，雙手撈住了溫寶裕的足踝，自己又及時雙腿盤住了樹枝，這才得以既救了溫寶裕，自己也不至於跌下去。

溫寶裕的身子，就這樣倒懸着，女野人可能由於驚駭太甚，所以一時之間，沒有發力把溫寶裕提回「巢」去，而就在這個節骨眼上，我和白素已經趕到了！

這一切細節，自然都是以後才弄明白的，當時在直升機的機艙內，只有白素最鎮定，我和溫寶裕，都不知自己說了些什麼，再加上那女野人不時發出的、充滿了惶急的吼叫聲，和溫寶裕自以為是創造的「野人語言」，簡直是亂成了一片，哪裏還能找得出事情的真相來！

白素當機立斷，她駕着直升機，繞過了山峰，上升，到了半山腰的那個大石坪上，停了下來。

直升機的艙門才一打開，女野人伸手就拉溫寶裕，溫寶裕大聲叫：「不要！」

女野人居然十分聽話，縮回了手，可是卻也一下子就翻出了機艙。我來到機艙門口，已看到杜令和金月亮，一起歡呼着，奔了過來，他們自然從機艙中發出的強光，知道「宇宙定位儀」找回來了！

這時，宇宙定位儀由於和操縱儀的距離近了，光亮更甚，要用手遮住眼睛，才能避免強光的刺激。而且，杜令在奔出來的時候，那圓球竟向上升了起來，在艙頂上撞了一下，又轉了一個彎，自艙門中飛了出去，就懸在石坪的上空，照得石坪之上，光亮如同白晝。

溫寶裕也跳出了機艙，女野人立時向他靠來，溫寶裕望着懸在半空的圓球，高聲叫：「月亮！第二個月亮！」

跟在杜令身後的金月亮，神情十分奇怪，因為「月亮」正是她的名字。

這時候，一切情形，正是千頭萬緒，若是不知前因後果，必然覺得紊亂之極——這正是我在敍述這個故事時，預早就說了許多「後來發生的事」的緣故，因為事情實在太複雜，複雜到了不能用正常的方法來敍述的程度。

這時，在石坪之上，所有人等，對於事情究竟是怎麼樣的，都不是全部了解，可是看我敍述的各位朋友，反倒全都明白了事情的一切來龍去脈！

溫寶裕指着圓球，一面叫着「另一個月亮」，一面又問：「那是什麼東西？」杜令道：「你拿走了它，還問它是什麼？」

溫寶裕忙道：「不是我，是她拿來給我的！」

溫寶裕指向女野人，杜令和金月亮看向女野人，呆了一呆，女野人發出了一下吼叫聲，態度不很友善，可是卻盡量靠向溫寶裕。

儘管溫寶裕在後來的敍述之中，說他自己在一見到了女野人之後是如何害怕，運用了好幾十個「魂飛魄散」來形容，可是這時，當女野人向他靠來的時候，溫寶裕卻一點也不害怕，也不逃開，只是拍着女野人的肩頭，示意女野人安心。

在那麼兵荒馬亂的情形下，溫寶裕仍然忘不了他見到了我們的極度興奮：「真好，怎麼全來了？怎麼知道我在這裏遇了難的？」

我們之間，誰也不知溫寶裕遇難，只不過是湊巧，誤打誤撞，所以全都碰到一塊來了！而且，在這樣的情形之下，人人都有許多問題要問，幾個人一起開口，更是亂成一團，結果是一句話都聽不清楚。

我高舉雙手，大聲道：「小寶，你先說你的情形，愈簡單愈好！」

溫寶裕吸了一口氣，指着那個還懸在半空之中、發出光亮的圓球，道：「這個東西，被藍家峒的苗人，認為是第二個月亮，而且受了邪惡力量的控制，所以不能經常出現。現在，它又出現了，藍家峒的苗人——實際上方圓數百里的苗人，一定又可以看得見！」

我向那圓球看去，真是光亮無比，天上的月亮這時也不弱，可是由於距離遠，光芒雖然看來皎潔，但是論強度，就差得遠了！

溫寶裕果然用最簡單的幾句話，講了他的情形。大約用了三分鐘左右。即使杜令是一個異星人，溫寶裕的遭遇，也把他聽得目瞪口呆。

在這三數分鐘的時間之內，白素對那女野人感到了極度的興趣——她先是和女野人對望着，後來，索性使起眼色來。那女野人也向白素眨着眼，而且咧着闊嘴笑，白素向女野人招手，女野人卻踟躕着，不敢過來。

正在說他自己奇異遭遇的溫寶裕，眼觀四方，居然也看到了這種情形，伸手向女野人的身上推了一推，又作了一個手勢。

女野人也居然明白他的意思，又遲疑了一會，就向白素慢慢走了過來。

我曾見過女野人的身手，抱着溫寶裕，將近兩公尺的距離，下臨萬丈深淵，尚且一躍而過，何等靈敏快捷。可是這時，女野人向前慢慢走來，一步一扭，卻大是「蓮步姍姍」，白素則滿面笑容相迎。

我見了這種情形，心中不禁有點犯忌，連碰了白素幾下，示意她別和女野人太親熱了，可是白素卻置之不理。我還要留意聽溫寶裕講述經過，等他講完，我陡然想起：「是了，藍家峒一定把你失蹤的消息通知了藍絲，所以藍絲才急急回藍家峒了！」

溫寶裕一聽，「啊」地叫了一聲，又「啊」地叫了一聲，連叫了五六聲，一下比一下大聲，焦急之情，難以形容，杜令忙道：「不要緊，這直升機很快就可以把你送到目的地去！」

溫寶裕這才又想到，瞪着杜令：「你這個外星人，和我們的唐朝美女，又到這裏來幹什麼？」

杜令「哼」地一聲：「幸好我們來了，要不然，你和這個樹居人，得在樹巢上過一輩子！」

溫寶裕想起自己原來的處境，也不由自主，打了一個寒顫，白素忽然叫了杜令一聲，向杜令招了招手：「請你過來一下，以你的見識來看，這是什麼生物？」

杜令向白素和女野人走了過去，金月亮順理成章，跟在杜令的身邊。

這時，白素不知用了什麼方法，已和女野人關係搞得很好，她的手，居然握住了女野人手背上全是長毛的手！

事後，我曾問她，用了什麼方法，使得一下子她和女野人之間，會沒有了隔膜。白素的回答是：「誠！我待人以誠，她自然不會排斥我！」

我道：「你胡說什麼，她根本不是人！」

白素搖着頭：「你說她不是人，可是我第一眼看到她，就有直覺：她是人！」

白素的直覺不曾失誤，所以她待人以誠——女野人也就把她當成了朋友。

當時，杜令來到了近前，白素拉住了女野人的手，把全是長毛的手背向下，露出手心來：「看，這手雖然粗，可是毫無疑問，是人的手！」

杜令想把女野人的手抓起來看看，可是女野人立時縮了縮手，杜令神情疑惑：「的確是人的手——」

他一面說，一面又仔細打量着女野人，神情更是疑惑，白素道：「她是野人？還是根本是人，只是自小就和猿猴在一起生活，類如狼童？」

杜令遲疑着，答不上來，溫寶裕叫了起來：「先別研究她是什麼了，我要回藍家峒去！或者，你們留在這裏，我駕直升機去！」

溫寶裕性急回藍家峒去，自然可以理解，我向杜令望去，杜令皺了皺眉，想了一想，才點了點頭：「好，你們先去辦事，這山峰上風景好，我和月亮走了之後，也不知道何年何月才能再到地球上來，就多逗留一會，也不要緊，可是別超過二十四小時。」

我、白素、溫寶裕都十分高興，怪的是，女野人也被我們高興的情緒所感染，也手舞足蹈起來。

溫寶裕得寸進尺，指着那圓球——這時圓球正緩緩向杜令的手中飛去，他道：「這東西……被苗人認為是第二個月亮，是不是可以給我帶到苗峒去，給他們看一看，表示我已經解救了它？」

杜令一聽，緊蹙雙眉，面有難色，他雙手捧住了圓球，顯然沒有答應的意思。我知道這件事，關係到了溫寶裕盤天梯是不是成功，也不知道如何解決才好，這圓球對杜令回歸，又有重要的作用，看來他是不肯借出來的了。

正在我不知如何是好之際，白素道：「小寶，你把它拿回去，那不過是一隻發光的圓球，很難叫苗人相信那是另一個月亮。不如這樣，我們和杜令約定，自午夜起，他就把圓球放出來，高懸空中，到天明才收回去，這證明你已成功，不是更好嗎？」

溫寶裕一聽，高興得拍手跳躍，杜令也鬆了一口氣：「好極，我也正要在午夜開始，利用它來定位，那是一舉兩得的事！」

溫寶裕要回藍家峒去，我和白素自然一起去，杜令和金月亮當然留下來，問題是那個女野人！

這時，白素已來到女野人的身邊，拉住了女野人的手，向直升機指了一指，拉着女野人向前走去，女野人居然十分順從。

我看到這種情形，不由自主，長嘆了一聲。

溫寶裕向我望來：「為何嘆息？」

我攤開手：「你自己看看，身在苗疆，一邊是一個外星人，外星人的身邊是一個唐朝人，唐朝人的對面，是一個女野人，女野人和我的妻子手拉手，我的身邊還跟着一個不能分類的人，要搭乘一架地球上最先進的直升機，到一處神秘的苗峒去，這種奇異莫名、亂七八糟、匪夷所思、光怪陸離的組合，怎能不令人嘆息？」

聽了我的話，溫寶裕大有同感，也長嘆了一聲，補充道：「是兩個不能分類的人，你和我，不單是我一個！」

白素給我們之間的對話，逗得笑了起來，她帶着女野人先上機，我和溫寶裕也跟着進了機艙。

直升機起飛不久，光亮消失，那是杜令已捧着他的宇宙定位儀進了山洞。

直升機要在半空之中，找尋藍家峒，並不困難，藍家峒是附近最大的苗峒。溫寶裕又約略記得方位，而且最重要的是，當定位儀發出強光之時，照耀得極遠，藍家峒的人完全可以看到「另一個月亮」的升起。

他們都知道，溫寶裕為了解救這個月亮而失蹤，吉凶未卜，忽然這個月亮升起，可知事情必然和溫寶裕有關，所以全峒轟動，都集中在廣場之上，為溫寶裕的安全，而進行着一個祈神的儀式——後來，藍絲堅持說是這個儀式有用，所以溫寶裕才在幾乎不可能的凶險中獲救。

第十四部

白素為了紅綾留在苗疆

祈神儀式進行之中，只見得那一個月亮時隱時現，忽然又高懸空中，忽然又完全隱去不見。在「月亮」隱去之後，全峒所有的人，高舉火把，發出呼喊聲。所以，直升機的探測儀上，不但探測到了光波，而且，還接收到了強烈的聲波反應。

大約在二十分鐘之後，直升機就降落在藍家峒的廣場之上——如果當時不是有藍絲在場的話，只怕會引起一場不大不小的騷亂，因為連十二天官在內，搭過飛機，也沒有見過直升機，藍絲到過文明世界，自然知道是怎麼一回事，而且，她立刻知道，溫寶裕是在直升機之中——她的降頭術的靈感作用。

直升機降落，門打開，溫寶裕先大叫着跳下去，迎向藍絲，藍絲也大叫着奔了過來，就在他們兩人將要相擁，眾苗人發出歡呼聲之際，忽然一陣疾風，一個人自直升機中疾撲而出，撲向溫寶裕，來勢快絕，力道又大，一下子就把溫寶裕撲得跌倒在地，陡然之間，所有人都靜了下來，只聽得溫寶裕叫：「不要。」

還有就是峒主的一聲叫喚：「紅綾！」

必須説明的是，當時峒主叫的「紅綾」，只是這兩個音節，這兩個字，是我和白素後來根據聲音定下來的。而「紅綾」的意思，自然不能照漢字的字面來解釋，在「布努」之中。「紅綾」是半人半鬼的怪物之意。

原來這女野人雖然居住在峭壁絕崖之上，但是蹤迹總不免被在山中出沒的獵人遇到過，而且女野人有時也會到苗峒來取東西——身上的裙子和給溫寶裕喝的酒，都來自苗峒。

所以，苗人都知道有這樣的一個女野人在，而稱之為半人半獸的怪物：紅綾。

而且，在附近苗疆之中，各個苗峒，都知道有這樣半人半獸的怪物在，也知道這「怪物」行動如飛，力大無窮，全身是毛，目光明亮，雖然沒有明文約定，可是各個苗峒都在暗中下了決心，要捕捉這個怪物，而且誰能捉到，實是一種無上的光榮。

所以，這時，女野人一從直升機中飛撲出來，峒主一聲大叫之後，眾苗人齊聲發喊，剎那之間，至少有三五十人，有的挺刀，有的持矛，一下子就圍了上去，把女野人圍在中心。

女野人突然飛撲而出的原因是什麼，當時我也未及細想，後來白素才嘆了一聲：「她是為了阻止溫寶裕和藍絲親熱！唉！」

究竟是什麼原因，也不必深究——這個女野人，在這個故事之中出現，並不是「閒筆」。所以，雖然她一撲出直升機之後，場面混亂之極，但還是要說明一下。

這個女野人，從我和白素，根據「布努」的發音，把意義是「半人半獸的怪物」的一個稱呼，定為「紅綾」這兩個字，老朋友們就可以知道日後必然會有故事在她身上發生，而且是相當重要的人物了。

女野人紅綾有着離奇之極的身世，當真是離奇之極，抽絲剝繭地追查下去，結果令人瞠目結舌，絕不是任何人所能設想得到的——溫寶裕就幾乎雙眼瞪得眼珠都要跌出來，道：「當時，就算用苗刀把我的頭顱，砍成了八八六十四瓣，也決計想不到這個女野人會有這樣的來歷！」

女野人紅綾，是一個比任何傳奇人物更傳奇的人——由於這個故事，不是有關她的故事，所以她的一切，都不會在這個故事中敘述，而另有專為她而寫的故事，她只不過湊巧在這個故事之中出場亮相——情形一如溫寶裕在《犀照》這個故事之中出場亮相一樣。

好了，說明了有關女野人的一些事之後，再說當時的情形，圍攻上去的苗人之中，有幾個性急的，已經挺着刀攻向女野人，女野人大聲吼叫，溫寶裕也大叫，我和白素也大叫，一時之間，場面之混亂，無與倫比，可是所有人的叫聲之中，聲音並不特別響亮，但是清脆悅耳，也最有效的，則是藍絲的叫聲。

藍絲叫道：「誰也別動！」

她的聲音，十分有權威，所有苗人，立時不動，可是女野人卻聽不明她的話，在溫寶裕面前，雙臂揮動，神情十分激動，發出可怕的吼叫聲來。

白素在這時，急急走向前去，到了女野人的身前，一下子就捉住了她的雙手，令她鎮定下來。雖然我知道白素的身手極好，但是也知道女野人力大無窮，簡直可以生裂虎豹，所以也不禁大是緊張，也連忙一個箭步，躍向前去，以便接應。

可是，在白素捉住了女野人的雙手之後，女野人卻顯著地鎮定了下來，雖然喉際仍有相當可怕的，類如獸吼聲的聲音傳出來，但和剛才那種就快天崩地裂的情形，大不相同。而在這時，溫寶裕也大聲宣布，指着女野人：「這是我的朋友，她不但救過我的性命，而且，由她協助，才找到了那另一個月亮！」

溫寶裕一面説着，藍絲立刻以她清脆悦耳的聲音，傳譯着他的話——比起老峒主的傳譯來，快而準確。苗人靜了下來，等到藍絲的聲音一停止，才又發出一陣又一陣的歡呼聲來！

這時，藍絲雖然傳譯了溫寶裕的話，可是她對於整件事的來龍去脈，還是一點不了解，所以她望向溫寶裕的眼光，複雜之至，又是高興、又是關切、又是疑惑。在久經憂慮之後，情郎突然出現，苗女熱情如火，緊握着溫寶裕的雙手，身子也盡量靠在溫寶裕的身上，親熱無比。

溫寶裕伸手指向半山腰：「那個月亮，剛才出現過，午夜時分會再現出來——並沒有什麼邪惡的力量在控制它，它是自由的，它和天上的那個月亮不一樣，喜歡什麼時候出現就出現，每當它出現的時候，你們可以崇拜它，它會帶來祝福給各人！」

溫寶裕的這番話，說到最後，什麼「會祝福各人」等等自然都是他臨時編出來的，可是在這種情形下，對着一干苗人，自然非這樣說不可。

等到藍絲又傳譯了這番話之後，所有苗人，連十二天官在內，都深信不疑，因為他們剛才，確然曾見過「另一個月亮」在高峰之上，光照千里的奇景！

在苗人的歡呼聲中，白素忽然向十二天官為首的那個矮老頭，招了招手，矮老頭忙領着其他的人，一起走了過來，神態十分恭敬。

那女野人在才一出現之時，雖然曾引起極大的騷動，可是溫寶裕接着，宣布了那麼樣的好消息，而且女野人在我和白素的身邊，又顯得十分安靜，所以注意力已經轉移了開去。

這時，眾多的苗人，已經圍着溫寶裕和藍絲，載歌載舞起來，所以，十二天官來到了我們的身前，跟着一起來的，只有峒主和幾個年老的苗人。

白素的神情相當嚴肅，一望而知她有十分重要的話要說，可是這時，連我也不知道她想說些什麼！

那幾個老年苗人和峒主，來到了近前之後，望着那女野人，神情仍然不免駭然，喃喃地說着「紅綾」。十二天官畢竟是身負高深武功的，所以神情雖然忌憚，但是還不至於害怕。他們對於白素一直握着女野人的手，表示十分佩服白素的勇氣。

白素深深吸了一口氣，像是她也不知道該如何開口才好，過了一會，她才翻過了女野人的手來，把她的手心對着各人，道：「看，她是人，不是半人半獸的怪物，她實實在在是人！」

沒有人反駁白素的話，可是人人的神情，卻又表示他們並不同意白素的話。

白素嘆了一聲：「你們知道有……她的存在，大約有多久了？」

十二天官之中，那個長臉婦人道：「第一次有人見到她，是十多年前，我算是最早曾在山裏見過她的人，大約是十三年前，那時，她還很小，大約……」

長臉婦人作了一個手勢：「大約只是四五歲的樣子，身上和臉上也沒有那麼多毛，是一個樣子很機靈的小女娃，和一團靈猴在一起。靈猴在我們這裏，十分受尊敬，不但由於牠們力氣大，而且翻山越嶺，行為十分敏捷，又合群，山中的猛獸，看到牠們，也遠遠逃開，不過，……近年來，靈猴的數目已愈來愈少了！」

長臉婦人說得相當詳細，白素向我望來，我點了點頭：女野人是人，殆無疑問，她是被苗疆特有的一種稀有品種的靈猴養大的，當她還小的時候，並不是現在那樣遍體長毛，那多半是由於食物的緣故而長出來的，也就是說，如果她改變飲食生活習慣，她身上的長毛，就可能漸漸褪去，回復原來人的樣子。

而根據長臉婦人的敍述，這個女野人的年紀，不會太大，不超過二十歲！至於何以一個小女孩會自小和靈猴生活在一起，當時我也沒有細想，只是明白了白素的意思，是想委託十二天官照顧女野人，使她回復人的面貌。

可是我雖然料到了白素的心意，白素說出來的話，還是嚇了我一大跳。

她果然，先對十二天官說：「這是一個身世不明的女孩子，我想託你們照料她，她很聰明，可以看得出，她很快就會學會說話，學會人的生活方式，但總還不適宜立刻就到城市去生活——」

我就是聽到這裏，才嚇了一大跳的，我說道：「你說什麼？她——」

白素作了一個手勢，打斷了我的話頭，她繼續所說的話，又令我嚇了一大跳。她道：「我會留下來三個月……到半年……盡量照顧她，可是我不能長久留下來，希望在我走了之後，你們能像照顧藍絲一樣，盡心盡力照顧她！」

聽到這裏，我忍不住叫了起來：「你為了這個女野人，要留在苗疆？」

這時，溫寶裕擁着藍絲，也走了過來，藍絲高興得跳了起來：「那太好了！」

白素向我望來，她沒有說什麼，可是她的眼神告訴我，她已經有了決定，而且，她也用眼神，要求我同意她的決定！

忽然之間，事情又有了這樣的變化，自然又是意外之極，我知道，白素如果決定了做什麼，誰也阻止不住，我仍然不知道她要這樣做的真正原因是什麼，所以也只是望着她，不出聲。

白素知道我的意思，她搖了搖頭：「別問我，現在，我也不知道是為了什麼！」

溫寶裕也興高采烈：「她是人，她已經知道什麼是『不要』的意思！我也會盡力幫助她！」

女野人在這時，像是知道各人是在討論和她有關的事，所以睜大了眼睛，望望這個，望望那個，眼神中略帶不安，可是緊握着白素的手，又顯得相當平靜。她毫無疑問是人——從她的眼神之中，可以肯定。

白素又對十二天官道：「她力大無窮，如果授她武藝，一定大有所成！」

十二天官齊聲叫好，藍絲佯嗔道：「我也沒有學武藝，她倒比我更幸運！」

矮老頭笑道：「你學降頭，她學武藝，我們有了兩個女兒！」

十二天官乾脆把女野人當女兒了，這就令得苗峒之中，更是喜氣洋洋。

十二天官是由於白素所託，才對這女野人這樣好的，可是白素為什麼會對女野人那麼好呢？這時，白素正把女野人臉上的長毛，盡量壓向後——她早已把自己的上衣，脫了給女野人披上。

女野人的身量甚高，比白素還高十公分左右，被捋起了頭上的毛髮之後，可以看到她圓臉大眼，當然絕對稱不上美貌，可是也不至於是什麼怪物，確然是一個從小就和猿猴在一起長大的人。

這時，藍絲和溫寶裕也走了過來，一雙戀人，可以在極短的時間內，講許多許多話，溫寶裕一定已向藍絲說了這女野人的一些事，所以藍絲一到，就拉住了女野人的手，道：「我和你一樣，都不知自己的身世來歷，湊巧我在河上漂流的時候，叫十二天官發現，把我撫養成人，若是我被一團魚發現，只怕現在變成了一條魚，更難變回人了！」

藍絲的話，聽來雖然有點匪夷所思，可是她說的，倒也是事實，若女野人自小不是流落到了和靈猴在一起，她自然不會變成「紅綾」，而是好端端的人！

當藍絲才走過來的時候，女野人的眼睜得老大，望着藍絲，氣息咻咻，大有敵意。藍絲才一抓住了她手的時候，她還掙扎了一下——已經掙脫了，可是藍絲極快地又握住了她的手，而且，十分迅速地，用另一隻手的中指，在女野人的掌心上，捏了一下。

女野人這才立時安靜了下來，聽藍絲講完了這番話——她當然聽不懂，可是卻也咧着口，笑了一下。

在那一剎間，我只聽得在我身後的十二天官，有幾個發出了一下表示驚訝的驚嘆聲，我可以肯定，藍絲在那一剎間，一定是做了什麼手腳，不但是我，連白素也覺察到了這一點，所以我們一起向藍絲望去，藍絲向我們笑嘻嘻地作了一個鬼臉。

我們的心中雖然疑惑，但是心知藍絲決然不會有惡意，也就罷了。

後來，自然知道，藍絲在那一剎間，使了一種降頭術。她感到女野人對她，有着強烈的敵意，所以才使了這種能消除對方敵意的降頭術。那時，十二天官雖然受了白素所託，答應照顧女野人，可是他們是苗人，在他們的心目中，女野人始終是「紅綾」，不怎樣相信她是人。

而藍絲一施了這個降頭術，當然瞞不過十二天官的眼睛。這種降頭術，又只能對人產生作用，不能對獸起作用，所以女野人在一被施術之後，態度就有了改變，這就令十二天官感到驚訝，同時也深信女野人是人！

在歡樂的氣氛中，溫寶裕講述着經過，等到到了午夜時分，杜令把那宇宙定位儀放了出來，在山下看來，確然如同半山腰上，忽然升起了一個光亮無比的月亮，銀輝流轉，映得山峰十分光亮，成為奇景。

這一夜，在藍家峒之中，酒和食物，消耗得如同流水一樣，女野人也十分喜歡喝酒，白素一直企圖在最短的時間內教會她一些話，又不斷揨壓着她頭臉上的長毛。

我打趣道：「你要是心急看她的樣子，可以用苗刀把她的毛髮剃去！」

白素竟像是當真一樣：「不……等她自然脫落才好，十二天官他們精於蠱術，一定可以有古怪的辦法，使她的長毛自然脫落的！」

我看白素這樣認真，也不便再開玩笑。到了下半夜，我才道：「杜令還等着我們去進行他們回去的最後手續，不要讓他們久等！」

白素點了點頭，把女野人交到了藍絲的手中——這時，穿了衣服的女野人，已經會一面發出吼叫聲，一面會學着舞步跳躍了。

和峒主、十二天官說了我們離開一會，立刻再回來，並且告訴他們，那另一個月亮喜歡什麼時候現出來，全然和什麼邪惡力量的控制無關。

我們上了直升機，溫寶裕也破例沒有想跟來，只是圍着藍絲，團團打着轉，說不出的喜歡。

直升機飛回石坪，杜令和金月亮等得有點着急，我們才一下機，他就把兩副頭罩，交給了我們，要我們戴上。頭罩的眼鏡部分，是相當厚的黑晶體，一戴上了之後，那團光亮，登時暗了許多。

然後，我們一起進了山洞，那定位儀在半空之中飄動，懸浮在它原來應在的位置之上，緩緩轉動，杜令在不斷地操作着，可以看到，定位儀的巨大投影，映在一幅洞壁之上，隱隱現出許多交叉的、錯綜複雜之極的緯度，我和白素，一點也看不懂那是什麼意思。

杜令操作了一會，向我們作了一個手勢：「一切都準備好了，我和月亮，會進入一個透明罩子，你們就在這座控制儀之前，照次序，按動這幾個掣鈕——」

他一面說，一面指點着，要按的，不下十七八個之多，我和白素不敢怠慢，全神貫注地聽着。

然後，等我和白素，一連複述了三遍而準確無誤之後，他才大是放心，拍了拍我的肩頭，相當感慨：「我們這一去，後會只怕無期了！」

我也相當傷感，杜令和金月亮的出現，在這個故事之中，一開始像是一點關係也沒有，但如果不是這個外星人的基地恰好在苗疆，那麼溫寶裕必然無法獲救，從此在苗疆消失。

後來，我和白素討論過，如果真的是那樣的話，我是不是還會把溫寶裕失蹤再也不出現的經過記述出來？答案是不會，因為溫寶裕的消失，一定對我們造成重大的打擊，形成巨大的痛苦。別人怎樣不知道，至少我和白素，對於巨大的創痛，都會採取深埋在心底的方法，再也不提——別說不對別人提起，就是我和白素之間，也絕對不會提起！雖然絕口不提，創痛一樣在，但是一提起來，等於去挑動傷口，這又何必？

當下，我感慨了一陣，想起了苗人說那「月亮」經常升起，連老峒主小時候，也見過一次，所以我道：「你們其實，經常有人來去，不然，不會使苗人看到『月亮』，是不是每次來的時候——」

杜令笑了一下：「只有我是利用了生命密碼的改變而製造了人體的，其他的人，都『借用』了地球人的身體——不過請相信我，每次他們這樣做的時候，這個地球人都處於非死不可的處境之下！」

關於這一點，我們已經有過十分詳細的討論，實在不必再說什麼了。

所以，我只是嘆了一聲，擺了擺手，神情黯然。杜令知道我的心意，他道：「根據我的研究，地球人對本身生命的珍惜，異乎尋常——不論這個生命處在如何惡劣的情形之下，都要活下去，在地球上，對這種情形，有一個專門名詞！」

我聽到這裏，也不禁愕然，因為我是地球人，一時之間，竟想不起那個專門名詞是什麼來？杜令立即道：「這個專門名詞，叫作『偷生』！」

我「啊」地一聲，不禁苦笑，揮了揮手，請他不要再說下去。

確然，地球人忍辱偷生的多，奮起反抗拚命的人少，這才形成人類的歷史，直到近前，仍然有着少數暴君統治着大多數人，竟然可以隨意殘殺的行為出現的原因！

杜令作了一個無可奈何的手勢，和金月亮一起進了一個透明罩之中。

我和白素，迅速地按照他們的吩咐，按動着那些按鈕，才一按完，眼前陡然黑得什麼也看不到——要在幾秒鐘之後，才知道是頭罩的黑晶體遮去了光線的緣故，那定位儀已不再發光了！

我與白素同時除去頭罩，看到杜令和金月亮的身子靠在一起，兩個人都笑得十分甜蜜，一動不動——他們的身體可以在這裏長遠保持下去。而事實上，他們已經回去了，回到了遙遠的、不知位於宇宙何方的不知名的星體之上去了！

我和白素出了山洞，駕着直升機，回到藍家峒時，看到一干苗人，都醉得人事不省，連那女野人也沒有例外，扎手扎腳，躺在草堆之上。

白素真的在苗峒中住了五個月，悉心教導女野人紅綾。我和溫寶裕是第二天就走的，溫寶裕還依依不捨，我幾乎沒有抓着他的頭髮捉他走，因為我估計這上下，他母親的哭叫聲，可能已成為世界性的新聞了。

五個月之後，白素才回來。

在那五個月之中發生的事，和白素回來之後發生的事，自然又是另一個故事了！

（全文完）

衛斯理小說典藏版 29

拚命

作　　者：　衛斯理（倪匡）
責任編輯：　黎倩雲　陳桂芬
封面設計：　李錦興
出　　版：　明窗出版社
發　　行：　明報出版社有限公司
　　　　　　香港柴灣嘉業街18號
　　　　　　明報工業中心A座15樓
電　　話：　2595 3215
傳　　眞：　2898 2646
網　　址：　https://books.mingpao.com/
電子郵箱：　mpp@mingpao.com
版　　次：　二〇二二年七月初版
　　　　　　二〇二二年十月第二版
I S B N：　978-988-8688-75-3
承　　印：　美雅印刷製本有限公司